中国新诗
百 100 years 年

I THINK ♣ YOU ARE

POEMS BY MO FEI

我想你在

莫非诗选

莫 非——著

作家出版社

目录

卷五

卷七

卷八 记忆之城（三十六首）…301

卷九

自序

我想你在。我想你在读。我想你在读的时候，万物如此寂静，里外空无一人。在你那里，昼夜往来，光明自在。一块石头可以天南海北，一片树叶能够一动不动，我想你在。

一首诗，如果是好的，总是还要找到你，不管你离开多远，也不管你是否已经忘记。凡是你读过之后再也没有叫你回来的诗，就等于没有写过一样。很多人到最后，都搞不懂这件事。

诗，从几无可能的语言里冒出来，一定是奇迹发生了。诗，无中生有，有中无有。明白的人自然明白，不明白的人不明白也好。诗，不会给诗人带来任何实际的东西，除了失败。

当然了，也有不少诗人自以为已经站到胜利的队伍里，沾沾自喜，幻觉重重。毋庸讳言，真天真的诗人，不会计算得失。诗，离怀疑她的人更近。诗，也是没用的一件事。否则，还不如山里采药去。

诗人没有同行。不朽的诗篇不比一个精美的数学公式逊色，然而，诗可能对不同的读者有不同的“解”，因之，诗人的工作几乎是不可救药的。数学家可以是诗人，逆定理恐怕没有。

凡是一句话说不清楚的事情，一本书也说不清楚。幸运的是，诗人不是哲学家。尽管好诗不乏哲思妙想。凡是啰嗦的喋喋的东西，与诗毫无瓜葛。诗人靠语言的觉悟说话。甚至是语言自己在说话。

我想你在。我想你在听。我想你在听的时候，我也要回到我的旷野。最初的最亮的声音在那边回响。只是不断去找，或许不过万一。要知道，一首诗也在探寻她独一无二的声音。你等我来，不早不晚。

我想你在。

二〇一七年六月九日　北京

卷一

我想你在（二十九首）

在万物数着分秒的此刻等着在

在满山梨花回望溪流的桥边我想你在

——题记

我想你在

我想你在
在我们在的所有地方在
在栏杆和明月同在的时候在

在芭蕉花开的窗口我想你在
在云朵提着雨水的黄昏我想你在
在茶园青青竹叶青青在的风中我想你在

在我想你在的任何国度在
在梦境和喜鹊混淆的阳台上在
在一棵漆树下早春和早餐也一起在

在寂静的村子在身边在
在苔藓死去活来的大森林里在
在不经意的点地梅与四月和在一起在

在羊群经过的片片草叶上在
在雪白的石头写字的石头上在

在烂掉的书籍和骑缝的大门上在

什么不在了还在我想你在
什么还在却不在了我想你在
什么和什么在不在不管他我想你在

在我们在一起别问了萝蘼飞着在
在万物数着分秒的此刻等着在
在满山梨花回望溪流的桥边我想你在

二〇一四年四月十六日

大海卷缩蓝色的发条

大海卷缩蓝色的发条，在沙滩上
我的人听凭涛声夹杂了时间的发梢
回忆，这永不过时的码头装满了食粮

仿佛那些耕耘者挥霍来年的种子
我的人在集市里背诵我年幼的诗篇
好多的弯路留在荒野中你来了多好啊

到处是大雨的花儿，大雨的枝条
我的人不走捷径才是我真正欢喜的
世界在倒影里像一棵小水杉摇摇晃晃

夏天的指针继续打扫满盘的果子
我的人在马鞍藤上认出流沙和铁匠
火焰的石榴火焰的木槿如今都盛开了

二〇一四年六月二十三日

叫大海回来

叫大海回来，带上纯粹的盐和种子
叫时间回来，秒针那么快你要慢一些
叫悠悠回来，小女儿钻进了云朵

叫四月回来，深水流过一片浅水
叫燕子回来，屋檐和春雨有了响应
叫遗忘回来，打开层出不穷的世界

叫灵光回来，黑夜和窗子都留在那里
叫忧伤回来，欢愉的人啊少不了她
叫安宁回来，风月的风给了一阵阵揪心

叫白痴回来，天边像白痴一样白
叫罪孽回来，那么远没有葬身之地
叫词语回来，一条鱼一条船一条路上

二〇一四年六月二十二日

有一个人看见你

我知道，总有一天有一个人看见你
说是喜欢或者说是胡闹，没关系

万物抽取万物仿佛树叶罗列树叶
有一个人做梦，做梦也要早早排队

有人喜欢喜欢，有人喜欢胡闹
我看见有一天有一个人看见自己

在上帝的周遭玫瑰的涟漪层出不穷
雨的坠落，彻底洗刷末日的湖水

刚刚建造的房子打开天窗天已大亮
废墟守着废墟的荒草，不言不语

一个人都忘了。世界一干二净
还有谁知道，那一干二净也是好的

二〇一五年一月十一日

在我这里

永远也是一声嘀嗒一秒也是一万年
在我这里。永远是露水的春天
蒹葭的春天。在我这里

就好像四月的门，对着四月的牡丹
在我这里。永远是最近一棵树
开花开了窗，开窗开了花儿

就好像琥珀的珠子，蜜一样的珠子
在我这里。永远是流水的永远
清澈的枝条，清晰的叶脉

就好像无患子的根苗静悄悄生出来
在我这里。永远是命里的珍宝
比什么都要紧比什么不比较

就好像水边缠绕的萝蘼你唤她芄兰
在我这里。永远是高飞的云朵

下雨下在雨中打雷打出闪电

就好像一颗盐干干净净晒蓝了大海

在我这里。永远是涛声荡荡

传奇在流传，珊瑚在镶嵌

就好像一场梦穿过你我的前世今生

太阳冉冉，永远从后面照耀群星

自然在初心上，初心在万物上

二〇一五年

我等你来

我在简单的诗句中，等你沐浴
在芭蕉辽阔的叶脉上，等你入眠
等黑夜完全过去了，我等春雨如油
等萝藦结果，不等萝藦开花

二月和小年，等一起来的救主
念想的雪的峰峦雪的村落
等河水流淌，时光一去不返
等大千世界数着页码，等不及了

书的台阶高高在上，我等你看
劳动和抬头的屋檐等到什么时候
等你在囚禁的天边，带回翅膀
等我的利息在石头里被取走

小心翼翼的锦缎等来了婚礼

青草梦见新芽，柳枝潜入倒影

等太阳悠悠升起什么也不用等了

等你醒来再等我把这首诗念给你听

二〇一五年

我要你是安宁的

我要你是安宁的，就在旁边的大海
拍过乱石之后。我要你是安宁的

如安宁本来的样子。果实发芽
秋天挖开的井，流向长远的水渠

落叶避开一些人，等他们过去
落叶才肯落下。我要你是安宁的

肉身与灵魂之间，没有羁绊只有爱
守护者的灯盏，那么久那么透彻

在满满的星斗里天空一片疏朗
蟋蟀叫着蟋蟀，不知道藏在何处

词语面对最近的事物，一阵轰鸣

我要你是安宁的。忘记的旧书

露出当地的风景和破绽。一棵树
遮盖最初的影子，我要你是安宁的

二〇一五年

我要你是欢喜的

我要你是欢喜的。仿佛细雨的三月
绕开一树茶花。只有你看见没有别的人

没有的事物也有了。直接的青草青青
直接的池塘扑朔。我要你是欢喜的

大地的根芽一片慌张，因为早春提早了
流水耽误了时间，万物妨碍了记忆

欢喜的人啊，你在河边数落我的果子
那些去年的果子，凭什么还在枝头跳动

凭什么高高在上？我要你是欢喜的
窗外橘子的黄，累坏了一棵橘树

石头在呼吸，我要你是欢喜的两只翠鸟
翠鸟不连贯地叫，叫水杉只剩下尖顶

二〇一五年三月九日

你一个人隐遁在表面上

你一个人隐遁在表面上
松香和呼吸那么安静的女儿
云朵停在最高处不言语不下来

万物看我们看见的不是万物
是抱在一起的灌木打开一条缝
针叶的春天穿过雨水的反光

浓密的花在枝头不断涌现
新月和天边都在最近的地方
溪水往回流淌，峰峦一片寂静

一个人渐渐露出青草的气息
塔里的种子吩咐给大地
心无旁骛的人啊自然心有河山

二〇一五年

这些云朵打开

这些云朵打开，这些风吹进去
小麦和野豌豆在一起缠绕着

春天结束。好似春天真的来过
泡桐的花儿摇晃，并不相信

不相信的神，依旧在最高处
看我们看不见的事物。看我们

笨拙如梦中解下的铃铛
有人哭泣，有人背后喧嚣

弯路走着走着走对了。大道
朝向顶峰，也只有积雪的反光

指点散漫的水洼。草木悠悠
心有河山之人，定然心无旁骛

二〇一四年五月三日

西溪不语

十二月的风吹来了十一月的云朵
且留下雨的种子，你的萝蘼的种子
野莴苣和早餐的种子，还在乔木上飞

溪水淌过溪水，如风声穿过蒹葭
叫芦苇的植物却枯干了，尽管花开着
席地而卧青草从编织的缝隙发芽

芭蕉裹着芭蕉。雨的种子悄悄落下
二月和三月的的种子，有了动静
往年的收成不比往年仿佛此刻

是明年的池塘在闪烁。是欢愉
在橘树累累的连绵中忘记的结果
大地上的梗概，残荷与香蒲的梗概

且留下。皇帝的红蓼在画卷里生长
田字萍的田，在萍水之后荡漾
雨的种子噼里啪啦，溅到石板上

你终于知道。二月和三月的云朵
竹林和读书的云朵涌出嵇康和魏晋
萝藦在手心舒展，藤在藤上缠绕

四月在青梅的枝叶里，时隐时现
莼菜和荇菜在记忆中时有时无
山河的种子也是风的种子那么遥远

仿佛四季的水车，停顿在水边
唯有时光一直走着，不再转身回来
唯有雨的种子，灌溉无言的荒野

而你保留种子的最好办法，是播种

开着窗子，可以看到乔木开着花

西溪的水是不走的，你也留下

二〇一五年二月十八日

苍山听见

苍山听见我和你说什么
苍山的雪化开了苍山的云
苍山的云下来就是洱海上的雨

我和你说过了
对你的爱怎么都对
词语裂开一个口子也对

那么苍山那么险要
苍山下的草是一棵树开花
苍山顶的树像一棵草忘了有多高

我和你说的
是万物细小的根芽
镶嵌于不断滚落的松塔里

苍山那么远
远到窗子里可以看

看那么清楚仿佛不是苍山

苍山那么近
对照泻出暗云的光
我和你说天空现在不是空的

我和你说什么
什么就跟着收起来
苍山不在上苍山不在下

苍山在苍山里
你还记得蒹葭和苍苍
在那么深的浅水间四面摇晃

云在云间行走
大风吹动了大石头
苍山在苍山的后面汹涌

我和你

说说西山和东山

那些山的形势一片低落

三月也开花

九月却没有结果

十一月就剩下一场大雪

我和你早说好

苍山十九峰横着看

苍山十八溪只有竖着听

苍山十二月

月月月中莽苍苍

一年不止十九个季节

我和你说着说着

松树松开满山的明月

杜鹃几乎杜绝杜鹃的鸣叫

苍山就在那儿
比苍山更高的苍山
是一粒沙子撞破一粒沙子

海也在那儿
大理的海一样大
可以叫苍山直接倒过来

雪线穿过海
穿过夜航的云朵
穿过遮挡我和你的乔木

时间在那儿
叫时间包裹玉米
玉米也可以剥开时间

诉说爱和永爱

苍山就听见一阵大雨

像回声听见回声落在山谷中

二〇一五年二月

物与我

物我两忘的事也早忘了，不去再想
青草在林中青，白云在树上白

我穿过狭窄的街道，好像石头宽大了
湖水结冰。湖水在辽阔的湖上走动

唯有你在影子里停顿，仿佛时间
用唯一的指针不断打扫遗忘的尘土

大海反复提起。我们的死与生
那紧密的沙子四处流淌，永无安宁

世界的地址如此陈旧更新已经太晚
太晚的时光如此明媚，如同刚刚开始

冬天已经收藏。经过筛选的荒野
交给了你我，在半山颠簸在山顶闪烁

二〇一五年一月十二日

就像另一个春天的这个时候

就像另一个春天的这个时候
水在山茶中洗得那么干净
花儿开，花儿都不知道开开了

世界好似偶然的迟到者，等你来
等你不来。我看见苍山的雪
苍白到了山顶，几乎不是山顶

因为云朵下面只有云朵
只有风吹着松树，松树没了
风就没了。甚至万物有灵

也不管用。甚至另一个春天
有青草生出池塘，却一片茫然
有喜悦但少了根由。有安宁

在意外之所，找到我们的不安
找到星星但找不到一个台阶
而宿命论者的眼中太阳不早不晚

你不早不晚，就像这个时候
所有的人，恐怕一无所有
所有的所有仅仅是词语和封号

不值得劳心。不值得深夜醒来
观照窗子和灯光遥远的村落
如四月的节气雨下在水里

即使满目星斗，时间死去
石头的分量也无法减轻什么
因为苍山没有风，洱海下着雨

落地的果实滚动直到大地的尽头

你听见的撞击声，吓坏了春天

就像另一个春天的这个时候

二〇一五年三月二十四日

你给了我念想我给了你呼吸

走在庞然的野兽和小鸟们中间
我看见去年的树叶看见你过来了
风的势力，掀开隐秘的枝条

就在傍晚时分。大海开始飞行
鸥鸟的翅膀掠走人间的一阵叫声
三月有数。冒着危险的新芽

天空的寂静好像一枚曲别针落下
此刻，我凝视屋檐上的水滴
无数的种子溅到附近的泥土里

你看见的早春太早了。云朵
那么慢，词语的扫帚插在石头上
那上升的空气和尘埃多么均匀

稠李的花儿雪一样落满树冠
你等太阳升起，太阳等到了果实

仿佛流水也等到雷声和小板凳

我的人在竹林里什么都忘了
难怪好多人星期天忘了礼拜日
樱桃丢下词语的后缀，又大又甜

而一棵树凭借山谷的深远更高了
宛如今夜的安宁和睡眠在一起
你给了我念想我给了你呼吸

二〇一五年三月二十五日

万物归一

万物归一。而我们始终不知其二
四月接近海棠，南风吹来枸橘

相信的人啊，穿越火焰先行的道路
仿佛泉水和骆驼隔着大山看见了

天空早已划好的方格子，有什么用
不如云朵和灰烬也不如一声叹息

记忆里发黄的叶子，终于白终于黑
分明是生与未生之间女人的变幻

铁匠在对岸进攻，诗人在后山种地
孩子们俯瞰大地的欢愉忘了回来

时间的小齿轮在角落里转着响着
不管谁怎么走了也不管谁怎么来了

二〇一五年三月二十六日

写在语言深处

写在语言深处
在你依旧紧张的乳房上
在马蹄莲两次翻卷以后
在春天给春天看的那些个日子

写流水环抱的石头
写石头藏匿起来的流水
在夜雨越来越细的柳梢上
在云朵滚动的山顶借着风声

写看见但不能触摸的
可以触摸我却不能写的
在鸟儿叫杜鹃的密林里我听
去年的种子发出一阵临时的响动

在半山的茶树尖上
写一片叶子分成两片
两片叶子在你手上合在一起

写冷的二月传给明澈的三月

写一年在开始的地方

写命里有的没命也有的

写天空的空不写窗外的窗

写玉兰的白不写玉兰的摇晃

二〇一五年

写光景在中间

或者稍微靠后一点
写棣棠早于海棠
写海棠略晚于寂静的傍晚

写我的人也在写
只顾梨花三天下雪
不管连翘万家点灯
我的人啊如来如去如何好

写一个名字在四月
写四月开展的芭蕉上
写芭蕉掀起辽阔的帘幕
写帘幕透过清晨冬笋剥削干净

写你在树下写一首诗

写琥珀链条穿越生死之界

写秋日满城的桂花飘落满地

写一句而另一句上来又悄然抹去

二〇一五年四月十二日

眼睛遮住了眼睛

眼睛遮住了眼睛，甚至遮住了尘埃
我握住我的手仿佛树叶切开屋檐的水滴

云朵坐在门口，喊出黎明和最后的词
最后的云朵用绳子，拉拽你的衣襟

不要去那么远的远处。不要那么频繁
玉兰花都碎了，春天的耳挖勺顶什么用

那些没指望的听力，继续给我们关怀
给我们找来年轻的占卜师，给我们指导

大海跟在后面咆哮。那里人烟荒凉
我在走兽不远的地方走着，看见了人

你好像害怕极了。走兽也不肯走了
大地的食粮在风中盘旋，如同雨的种子

二〇一五年五月十一日

因为有一种语言

有一首诗写不出来，因为有一种语言
来不及诞生。有一朵花没有绽放

因为一棵树，在结果里还要埋藏很久
有一块石头叮当作响，不因为有一个人

锦衣夜行。有一条街道铺开大雪
有一场大雪，落入更深的山谷山更高了

因为有一只鸟飞了叫一只鸟收起翅膀
有一粒种子落地，像尘土一样寂静

因为风在风口上，不管河流在堤坝上
有一阵恐惧，惊动魂魄忘记时间

而你不早也不晚，死死生生全都对
因为有一堆逻辑彻底坏掉而且无可挽回

二〇一五年

对开

传说就是传说的方子，没有药给你煎熬
没有医生给你嘱咐。半钱当归或三钱远志

不清楚好了是怎么好的。你在晕眩中
黄牛火车大雁飞机一起云游旷野依旧旷野

决明满树黄金。我想着你到更远的天边
在透亮的山洞里，读自然的书读时间的书

那些回忆的章节充满戏剧。那些苔藓的光
经久不散如蛇的盘踞。五月的挥霍者

蔷薇一片惊慌艾草一片狼藉。我的人啊
穿过接骨木花开的缝隙，千里万里的河山

青春依旧青春。玫瑰色的湖面无声无息
石头塌了。我们对开的伤痛谁也救不了谁

二〇一五年五月三十一日

我听见水声

我听见水声，不在树上
也不在风中。我越是仔细听

越是听不明白，像隔着一座山
山隔着一棵大树。而你在树枝间

结果是一朵花，一朵明亮的花
透过阴影，整个夏大是一扇窗子

多么贪婪的时光，一切都给吞下
却一无所用。多么慷慨的时间

让我们的挥霍停不下。仿佛万物
在蓄水池里，永远不会枯竭

永远的人群，从四面八方跑过来
这里十字路口，那里禁止掉头

二〇一五年六月二十四日

爱若有结果就是花开

在北半球的后半夜
也在后半夜的北半球

一个疯子看见我醒着
从一棵树跨到另一棵树上

仿佛雪下得还不够大
要来回跑，要气喘吁吁

才可以收获落叶和安宁
最好的故事，已经讲过了

池塘里只剩下梗概
给你的回忆找到捷径

仿佛时光的尾巴在抖
夏日盛大的莲花举过了头

赤裸如一身华美的袍子

这拂晓吹来的风

如此明澈

让湖面的树叶跑起来

就好像流水有结果是冰

爱若有结果就是花开

二〇一五年

就算它们是真的

就算它们是真的，你也不要
雨的蓝宝石，各种颜色的羽毛

不会停留太久。骆驼一路狂奔
突然在山顶不动了。石头

犹如瀑布狂泻。塔克拉玛干
像河流一样流淌依旧不是河流

它们是真的，你也不要相信
比如，一条金鱼眼睛里的世界

星辰和房顶的青草，银杏的进化
或许在一夜之间。人哪里知道

万物的起源不过是一个声音
随意说出，又仿佛早已安排妥当

二〇一五年九月十五日

很快到了今天

很快到了今天
很快是一匹年轻的马
很快从年轻到了更年轻的地方

那里一片寂静也很快
铺满荒原上的流水
很快在那里发出一阵呼啸

尽管遥不可及
还是很快过去了
很快到了今天

到了未来的时日
很快落叶都回到树上
一个个结果看着花开很快

很快到了今天

到了我们遇见的那一刻

一切都那么慢要等那么久

二〇一五年九月二十二日

石头和鸡蛋

鸡蛋和石头没关系
鸡蛋和鸡蛋没关系
鸡蛋石头有关系也没关系

石头在山顶生长
石头常常躲着石头
石头并不清楚石头的力气

鸡蛋喜欢碰一碰
鸡蛋碰石头碰鸡蛋一样
鸡蛋明明知道鸡蛋的厉害

石头松动了石头
石头奔跑起来拦不住
石头裂开一条缝石头依旧

鸡蛋总是好的

鸡蛋没有什么好怕的

鸡蛋破了鸡蛋还可以飞

二〇一五年九月二十八日

我会咬着你的耳朵说

我会咬着你的耳朵说
我就咬一小会儿

说只有星星可以看见
我们做了什么没做什么

若是咬了更美的地方
现在找不到那样的语言

抱着你冬天也不冬天了
没有声音更没有呼吸

只有饥饿不断充满我们
仿佛雪跟着雪落在水上

那么轻比云朵还轻
不咬耳朵你根本听不懂

二〇一五年十一月五日

此刻

一片树叶那么分明
仿佛隔着一场雪可以看

此刻，寂静如一本书
扣在另一本没用的书上

远处的雪落在更远处
谁也没有碰过

而雪停以后的树顶
让大块大块的雪落下

甚至惊动了煞白的椅子
这样的早晨脆生生的

有些鸟儿叫喜鹊
有些喜鹊怎么叫都好

二〇一五年十一月二十八日

绽放

我是你的一匹小黑马
吃你洋溢的清泉
吃你发亮的草原，开花的草原
吃你皮肤
吃你的汗，干干净净
我吃你耳朵
吃你刚刚到来的语言
吃你回头时的风声
吃你眼睛
吃你满面的泪痕
吃你看见和看不见的一切
我吃你头发
从黑吃到白
从早吃到晚
抽丝一样慢慢吃
我吃你嘴唇
香的嘴唇
玫瑰碰撞的嘴唇

浑身遍体都是的嘴唇

我吃你的呼吸

吃你的氧

你吃过之后的气息我吃了

吃你的起伏你的平坦

我吃你的味道

栀子和晨露的味道

满世界的味道

我吃你最初的味道

我吃你

从无吃到有

从有吃到无有

从活吃到不活

从开始吃到开始

我吃你的山和水

吃你的春天

寂寞无言的春天

瞬间怒放的春天

藏起来的不肯给的我也吃了

细微的雨，透彻的雨

顺着树干上下吃着

吃青青的山茶

吃雀舌上不清楚的苦

吃回忆中慢慢回来的甘

鸟儿吃了虫子

走兽吃了吼叫

太阳在树丛里吃了夜晚和云朵

我喊你醒来

和小闹钟一样吃你

吃你的时间和世上不曾有的美味

二〇一五年六月二十六日

卷二

小乔和悠悠（长诗一首）

悠悠和小乔在一起

小乔和萝摩也在一起

时光在暴露的种子里成长

——题记

序诗

我现在就说说，小乔和悠悠的小女儿
这无咎的夏日来自秋日，银手镯
来自祖母的时光。如今满月收紧大海

星辰铺张黑夜。我跟你说的是现在
芄兰在花上开花，缠绕的藤恍若隔世
种子那么轻。早春的篱墙千里迢迢

看风吹着风，直到比风更远的地方
偶然的世界啊也给了永久的爱和安宁
天成了天意，仿佛小乔和悠悠的小女儿

一

我不管你在柏林还是孟买
西溪还是北海，河谷还是河山
棕榈树下或者绶草的旁边

我都不管。不管时间嘀嗒
词语和他对照的事物彻夜通明
镜中的月亮生锈了我不管

半夏生了尾巴，莲花长出菡萏
麻雀在流畅的坡地上奔跑
一只飞起来，三只也飞起来

它们叫着
但跟冬天的尖叫不一样
我也不管。即便写了最美的诗篇

槐树去年的荚果依旧在树上
四月的月明，分开大片的枝桠
凌晨柔软的草叶那么锋利

白鹭在瑜伽的忘我中渐渐隐去
苦菜开满一地，荠菜金黄一片

我的人回到屋里没有消息

不管你在沐浴还是更衣
太阳升起还是太阳遮住了太阳
一粒萝藦的种子早已知道

对生的叶子知道，根茎的乳汁
灌输给花朵也灌输给小小的萝藦
甚至在不知道的半路上

等着风来。风起于青萍之末
而自古以来青萍是谁没人给你说
萝藦秋日的黄昏遇见了声音

声音很多年之后才可以听见
我也不管。不管早晨怎样喜悦
青山如何妩媚，小乔穿过玉兰树下

一条来回的路仅仅为了回来
悠悠的小女儿独自走着也不管我
此刻在哪里，哪里是此刻

龙井的茶绕着龙井的水
树的叶子迟疑着，等雨的洗刷
雨等着发芽，等着一阵阵烘烤

云朵之上有的是天空
天空之上是更白的云朵
三个套起来的盒子一个打不开

我也不管。印度的莲花已经醒着
埃及的沙漠也渐渐透亮
瑜伽的种子仿佛萝藦的种子

风吹着风一样远
风吹着树叶一样近

小乔和悠悠一样和不一样

一个新世界就放在那里
如此静谧，一对翅膀横过来
只有褶皱的水上，才可以看见

没有声响几乎是唯一的声响
蚊子躲在树丛里窥视
树丛沉入暮色

我的人已经忘了在此刻
此刻是悠悠的另一个名字
叫你赶紧来，叫你从无到有

不管早晨的开始早春的迎接
河流怎么流淌，麦田怎么结束
鹌鹑跑起来不管多么笨拙

依旧是鹌鹑跑起来
小乔可以亲眼目睹的一切
千万人依旧也可以熟视无睹

不管一场暴雨堵住了河道
云朵和黄昏顺流而下
我的人沉默不语

多余的话千百年了
一定还挂在多余的嘴上
千百年了，依旧没有厌倦

我的人看见荒野不在荒野上
不管牵牛曾经牵到了哪里
不管当归至今魂归在何方

悠悠和小乔在一起
小乔和萝藦也在一起

时光在暴露的种子里成长

时光环绕的葵花
每一刻都在下一刻诞生
一个新世界在子叶中找到破绽

不管你在南美还是北美
也不管马铃薯还是犬蔷薇
它们用名字吓唬过谁

谁就会记住青梅和龙葵
万物不是因为人类才有万物
人类坐在井底只摸到了几个星辰

几个毫无瓜葛的星辰
互相追逐没有尽头
悠悠坐在高高的栏杆上随风而动

打碗花打到破碎的石头上

好像打碗花谁都不能碰

小乔在悠悠的童年里

继续奔跑。一个夏天半夏了

一棵半夏在课外交头接耳

天南星啊天南星

什么时候那么亮

那么亮，亮到什么时候

这暮光在大地上喧宾夺主

此刻我可以闻到你

但闻不到你手上的栀子花香

小乔和悠悠的栀子同样闻不到

我不管你走远了走近了

大地的烟尘也是人类的烟尘

我的河山在山顶，我的山顶在云间

二

只有这一刻是小乔的下落

屋檐揭瓦，树叶滴水

睡眠把一个小女儿送给了沙发

黑夜的种子萌芽

爱和安宁不在一起的时候

世界在路口上瑟瑟发抖

仿佛夏天是最冷的一天

不管谁是谁，不管神仙和悟空

萝藦缠绕新笋，仿佛蚂蚁回到家乡

一片菜叶那么大的田地丰收了

你看萝卜抱住了土豪

胡萝卜拔起了萝卜

我的人在雨中打扫死水

山羊在街头不在山上

椿树开花开那么早

只为开一次花的椿树

就好像一年中仅有的任务

杨梅已经上市，石榴结了石榴

小乔和悠悠在溪水的两边

那么慢赶上那么快

明月照亮明天好像明天还不够

好像睡眠不够还债

银行已经林立，果实所剩无几

连我的胡说霸道也那么正经

唯有你和小乔，心领神会

田旋花在麦穗上摇晃

麦穗同样在麦穗上轻轻摇晃

我的人在梦中做了不是自己的梦

麻雀吃了虫子的肉管不了

麻雀吃了麻雀的肉怎么管

悠悠的小女儿给悠悠的好时光

好时光那么短暂才算好时光

内心充满感激而我不知道感激谁

因为你太近了根本无有需要

因为乞丐说了街上无有君王

因为幸福来临而且无有征兆

隐秘之城的南大门啊

太阳不是冉冉升起而是一再升起

东边的窗子像一口气

接着书房翻动了，纸页没有数字
礼拜日的早晨不像礼拜日
我的人突然看见喜鹊的旧巢

悠悠的小女儿停在百科全书里
仿佛梯子不够了搬来凳子
仿佛凳子也不够了

小乔在路上悠悠也在路上
我爱你有那么多时间
也爱你没有的时间在我这里

如此奢靡。明月换了风月
你来看看吧，不管你在云端
还是在无端的海上

我的人和我紧紧缠绕在一起
萝藦的叶子和小乔的叶子
叶子贴在一起才有了正面和背面

没有呼吸可以交给大海
没有心跳可以交给沙滩
没有的一切不早不晚都给你

仿佛失去的东西带着红利
在赶回来的路上，那么犹豫
我的人来不及说什么

大海在疲惫的时候也退下了
小乔和远处悠悠的小女儿
终于没有距离只有时间

我不管时间怎么看
不管大海骤停的高潮如何散去

小乔和小乔的爱在一起

我的人和我在一起
世界是我们的，分分秒秒
世界不知道真是太好了

沙子在沙漏里，时间在抽屉里
悠悠和小乔的园子
一阵蜂群飞舞的细雨安静了

不管夏至草开什么花不管花
藏在什么时候。夏天就在椿树的枝头
此刻，我想起萝藦早春的早上

悠悠的小女儿在书包里睡着
在认识了大萝和小萝之后
太阳在窗台催促一天的好时光

孩子们自然而然

和小乔在一起和萌芽在一起

天黑了叫天亮了也不管

哪怕天亮了叫天黑了都不要管

所有想返回孩子们中间的人

一个个成了天真的艺术家

或者成了半途而废的疯子

而疯子是孩子们的孩子

认识每一个孩子们不认识的人

疯子们在风中舞蹈

孩子们在舞蹈中欢笑

世界在一枝芦苇的花穗上隐去

谁是人类中清醒的王者

谁在疯与不疯的栈道上摇晃

比王者看见更远的海和耸立的屋脊

小乔和悠悠的小女儿不管你来
还是来过了。我在荒野中跋涉
在跋涉中无形的喜悦笼罩我

免遭遗忘人记住了半个硬币
半个硬币滚动着吓跑了一群人
惊慌失措的夏天啊你的树荫多么美

江水修远不相信江水依旧流淌
曾经的漫游者敲开房门
曾经的明月和古人都是古人

三

栀子花开的时候，石榴在树上云集
边开花边结果。悠悠的小女儿

也是溪水的小女儿蹦跳的小女儿

给林间的寂静又添上一份寂静
薄薄一层泉水划过石头
又划过远处的石头

小乔在坡上，白羊在山下
树木的缝隙时光的缝隙透过来
所有的云慢慢都散了随着风

随着雨，草木灌浆了结果了
萝蘼在树尖的树尖上
可以看见萝蘼也可以看不见

簇生的花朵披着绒毛
好像烈日下依旧担忧寒气袭人
所有的缠绕那么清晰

所有的清晰如此缠绕

万物在死亡的拐角上长满了根芽

大地的乳汁灌输给大片的叶子

不管你知道还是未知

不管我相信了还是不信

阴影穿过太阳的时候也穿过流水

星辰的火焰带来黑夜的焰火

我的人一定潜伏在我心脏的附近

只有心跳可以惊醒

只有安宁可以久远

小乔的小女儿，悠悠的小女儿

大萝和小萝在一根藤上都没有了

没有任何喜悦如此专注

一片野豌豆的小紫花

专注于无人走过的路旁

在遗忘的田埂上
黄雀飞走，青草更青
那里没有照料也没有收割

而这是唯一的收获
我的人在我的园地里看见我
荒野一旦奔跑起来草木都是尾巴

好像悠悠的小女儿
是小乔的小尾巴
那么多尾巴连起来

就像狼尾草虎尾草狗尾草鼠尾草
每年走了每年来了每年不走不来
我不管是不是真的

你不管半夏的毒是不是
荠菜的甜和蔊菜的的辣
没有什么用处

苦菜的苦倒是有用了
可也管不了那么多那么久
这蓬勃的夏天让飞蓬飞过了山顶

阵雨来了
雷顶着雷来了
大水漫过大水也来了

我的魂灵跟着出去
因为一个惊吓和千里迢迢
此刻还没有回来

你要好好看着我
你要好好等着我

要不好好的我就没个好啊

我的人在千万人里千万珍重

我的河山一重一重又一重

云朵里的云朵暴露了

小乔和悠悠都在看

有时候是安宁有时候是欢喜

有时候是戒律有时候是冒犯

金色屋顶的人间

睡眠的小窗口已经关上

小腿和大腿在膝盖上无法固定

蛇和蟒蛇的抽打一片欢腾

树叶已经飞走

飞走的羽毛遮天蔽日

星辰在后院独自冒烟
冒烟的早晨打发早餐
要命的人要了谷雨和花椒

不要命的人也要了大海和诱饵
河流绕着山脚找不到饭碗
小麦和大麦找不到语言

我的人在看着石头七零八落
杨树看穿了全部的树叶
不管有的没了，不管有的还有

小乔和小乔就像一面镜子里
挖出宝藏填埋宝藏
没有任何痕迹

萝藦的角
触动三月和伟大的命名者

种子逍遥的时节西北风更逍遥

悠悠的小女儿总有一天破天荒
总有一天在大地上
领走广玉兰和茵陈蒿

六月的蜗牛
在蜗牛的轮子上跑
时间在绷紧的发条上绷不住

只有慢下来一条路
给笔墨以光影，给万物以区分
给君子和淑女同样的大礼

小乔在时间里索要
乳汁在萝藦不寻常的茎上膨胀
仿佛在仿佛中

荒野吞下狼群
狼群吞下它们的影子
它们的奔波一片寂静

红杏挂在山上你们找不到
天南星在树下
半夏和喜林芋也在树下

蝴蝶和菜叶上的孔洞
一定就是曾经说过的话语
我的人有时候找到了有时候

悠悠的小女儿穿过悠悠的梦乡
世界仅仅在前一天是完好的
明天不明白的一天还在守候

四

太阳在更远的地方照料
太阳的光芒碧波万顷一无所获
太阳不会为什么才燃烧

或者熄灭。星辰像一粒燕麦
洒落在风中。大地和细雨
多么偶然多么简单

燕麦像无数的星辰闪烁在海边
喂养了海盗也喂养了游民
多么简单啊多么偶然

万物皆备于万物
万物有万物的链条输送
万物在草木的腋下摸到了人类

不管莎士比亚是谁
不管哈姆雷特哪里来
到哪里去

岩石上的野牛松动了岩石
那些刻画悠悠的
悠悠的小女儿只是要玩耍

涂改了沙滩上隐秘的痕迹
只是不经意的一声喊叫
叫来了兔子和老虎

青草吃掉青草
皮毛吃掉骨头
牙齿吃掉牙齿

蝴蝶吃掉虫子之后才是蝴蝶啊
时光堵在洞口仿佛马鞍藤

旋转整个家族的花朵

她们姐妹众多，在一条线上
拉扯了更多的表姐和表妹
在更早的早上起来打扮

打扮起来就像从来不打扮一样
满心欢喜，用心歌唱
她们起来歌唱也不是单为谁听

用不着歌唱就是一支晨曲
已经很好了，用不着再讨好
那么安宁似乎只有安宁才懂得

我的魂灵出窍，在她的身体里
避开了兵荒马乱。时间太漫长了
要跑出去看看到处看看

没有风，就去兜兜风

没有雨那就来一场大雨

没有大雨便在细雨中停下来

越过栅栏像一只猫抵达边界

越过边界抵达空无一物的港口

越过大海和星斗抵达最早的荒郊

我的人在睡眠的王国等候我

那里的君王如同傀儡

大摇大摆却没有任何主张

出窍的魂灵啊

登高眺望其实哪里有什么高

高和低在一架梯子上徘徊

魂灵不需要借助什么有形的东西

只需要另一个魂灵的驱赶

她们就可以各自安顿

我的人看见我
我的魂灵在你那里守着
那是一间开满睡莲的房子

昼夜的巡逻者在昼夜一声不吭
暴饮暴食的人过海捕鱼
天空和运送干粮的云朵都来了

我的人会把世界不紧不慢给还了
并非不是世界欠我们什么
而是欠我们一个世界啊

一个世界忘记的世界浮出水面
明月捞起一万个明月
沟渠挖开一条分叉的沟渠

小乔的小女儿牵着悠悠的小女儿
茑萝一样的小女儿
看看星星同样看看花朵的小女儿

欢愉的世界啊我不管你在木槿里
还是在凌霄吹送晚风的窗口上
也不管小满和大满的稻穗

直立着还是弯曲了都不管
萝藦沿着蒹葭不折不扣
辗转反侧啊芦苇举着芄兰

谁在前面看见那些省油的灯
赶紧告诉我也就是那些不亮的灯
没有风也摇晃没有水也波澜

纸的窗子透着鸡叫的黎明
呼吸的万物给了词语的呼吸

新娘师从桃花，云霓解开衣裳

黑夜狭长的叶子发出呻吟
黑夜浸过的花朵等候黎明
黑夜剥开的果实充满蜜汁

我的人在山海的交界处召唤我
紫竹院的萝藦喊着小乔
悠悠的小女儿悠悠的毫不慌张

这里的种子年年发芽
年年开花结果年年不是时候
唯有此刻到来才响起大地的风声

尾声

小乔的小女儿也长大了。荒野上空
缓慢的云朵，在千万人中答应了一个人

在千万人消失的地方，岩石隆隆作响

溪水长出栀子，萝蘼开遍花朵
白昼在青藤上穿行，对生的翅膀啊
仿佛只有永远的摆动却没有一次高飞

悠悠的小女儿诞生了！果壳与襁褓
放出梦一样的种子，人类的种子
给了雨水也给了劳作。悠悠的小乔的

太阳在照耀，除非太阳遮住了太阳
高出屋顶的绶草啊让时光扭转了方向

二〇一四年六月八日

卷三

仿佛时间开始了（四十首）

石头要成为拱券就像词要成为诗篇

——题记

萝藦之春（诗九首）

上帝说要有光，于是萝藦飞了起来

从春天开始

从春天开始，风吹着大风的肩膀
风的手抓住一个人，猛烈摇晃

仿佛梯子在半空。没有谁看见谁
跑在屋檐上。枯黄的草继续生长

说话就绿了。说话是一场细微的雨
落在漆黑的园子里。这里的冰

正在化解冬日的悲伤。似乎那悲伤
比三尺多一层，比冷少一个黄昏

万物的根芽发生了。花朵藏匿着

去年绷紧的树叶，发条一样松开了

这个刚开始的春天，蹒跚而来
虚弱的种子正在风中，像一场病

二〇一四年三月五日

萝藦之春

我在风里找你。在雨水之后
找你，在江南和江北找你回来

在冬天和灌木的枝梢上找你
在乳汁和饥馑的早春找来找去

在婴儿的摇晃中，河水退下
在妄想和妩媚的日子里找上门

黑发找到了白发。无心找到了
野心。傻子找到了一堆银子

好像天空找到了天外的星星
黑夜找到了省油和不省油的灯

我继续找。他们找的是他们的
而我相信的萝蘼不在萝蘼里

二〇一四年三月七日

白色无声的火焰

白色无声的火焰，烘烤早春的早上
西风有了武断的形状，像尾随者

险些丢掉的尾巴。积雪在暗处惹事
你在汹涌的湖边打扫阳台和回忆

萝藦的种子噼里啪啦。只有一场雨
来到土里，万物才是万物的样子

灌木在乔木旁边，乔木在乔木旁边
发芽的是虫子，开花的却是蝴蝶

仿佛书的脊梁，完全暴露在太阳下
漆黑的字已经模糊了。漆黑的黑

叫出声来，叫不能叫的也全都叫了
词语和瓦砾在屋顶上，一片静谧

二〇一四三月八日

盛装如雪而来

盛装如雪而来，风是她的伴娘

比轻还轻的美妙时光，是透明的

枝头的小花穗是透明的，树干
也透明，银子的手镯也一样透明

这透不过气来的透明，太久了
在解冻的河边望着千里之外的你

梦境从中间爆裂。水田的田埂
分开了青苗和青草，就好像二月

勾起黄昏的一阵波澜。在北方
堇菜连夜喊叫，仿佛回忆被打断

竹和篱笆相差很远。惊蛰和虫子
如此近，一切时候都到了时候

二〇一四年三月十一日

想着你在旁边

想着你在旁边，看它们在果实里
酝酿一场漫天的飞行。看它们

在枯死的藤蔓上，生出爱和回忆
上帝带着时间的绒毛，给我们惊喜

给最初的荒野收拢泥土。早春的风
因为你来停在大树上，因为你来

紫花地丁开始转动。狗尾草从冬天
过来还是去年的样子，只是败了

好像不是打败的，而是心甘情愿
摇晃着。喜鹊编出一些梗概在枝头

万物都有自己的故事。发芽如当初

开花如礼拜，想着有你亲眼目睹

二〇一四年三月十二日

世界在暗处呼叫

世界在暗处呼叫，萝藦在太阳下
烘干了春天。没有一个人动弹

因为花朵在日历上，咀嚼果肉
老年在口袋里，咬破手指和谎言

青冈木，活到可以不活的地步
山顶的鸟只是奔跑，跟着我们跑

一阵风把一阵风带走。一阵雨
留住的则是发芽的种子。当青苔

麻痹月色，早春擦掉雪的痕迹

藤蔓有了去年的结果，结果有了

此刻的宁静和徒劳，谁还抱怨

护城河边的杨树柳树依依不依依

二〇一四年三月一日

突然想起飞动的萝藦

秋的西溪停在那边

秋的叶子独自飞行

黄昏后面才是一片寂静

银手镯对了

死和生也对了

芦苇深深不知蒹葭苍苍

水的夜晚不在水中
水的小女儿跑到大街上
时间在时间里恐怕走丢了

一个梦叫一个梦醒着
你想我不在而我想你在
仿佛两扇倚靠的窗子

分开月色与火焰
一个忘了语言的人
却突然想起飞动的萝蘼

二〇一四年四月二十九日

有风的时候

有风的时候，你看明月在山顶
有明月的时候，风在云朵里喊你

那么远离那么近。只剩下一条路
好好的一条路，在时间的边缘

用不快不慢嘀嗒声走着。用爱
和绝望搭伴走着。世界在马槽里

没有青草，没有豆子和盐
白昼跑掉了，一场雨挂在枝头

萝藦缠绕萝藦。飞出的种子
也让我们一起飞。水落在水中

西溪停在船上。蒹葭长成芦苇
词语的初心，给了你不朽的诗篇

二〇一四年五月二十一日

静谧的夜

静谧的夜，爱的火焰在街上巡逻
唯有恸哭挖出那些毫不相干的肋骨
蚂蚁撞倒了国王好似荆棘收走了镰刀

被睡眠梳理过的荒野那么葱茏
唯有明月可以看见远处落地的石头
星辰一片散漫宛如世界一派安宁

有结果的树靠了不结果的树
唯有屋顶闲置的梯子提醒我们
夏季那么悠长仿佛生命那么短促

二〇一四年六月二十六日

酢浆草之夏（诗十一首）

日落和日出是两个凳子轮流摆放

亲爱的，你到哪里去了那么久

早上的寂静

早上的寂静，我有你的呼吸深如大海

想起菠萝蜜月的上空，星数着星星

很快就走进时间的房间，没有停

我看着你慢慢醒来。雨水在露台上

窗子在雨水中，透过薄薄的云层

山顶的树不要晃，山顶的风不要吹

三角梅在楼角，开一会儿闭一会儿

大海的反光那么强，好像看不见太阳

果实吞下花朵，阴影顺势吞下阴影

离那么远，悠悠的小女儿来过了

你听潮汐倒过来的声音，那么近

而我有你的呼吸，在这寂静的早晨

二〇一四年七月九日

万物万一消失

槐花落在水中，大雨落向屋顶

空旷的大街，一直看着两边的橱窗

阵阵敲打，仿佛没有一个人听见

花楸细长的蒴果，让无数生命拉拽

大地单薄的影子拖走所有的时光

天空的石头伴着巨雷缓缓滚动

安宁和欢愉，围绕悠悠的小女儿

风的火苗一片青翠。风的云朵

吹响木瓜和翅膀，在黑夜里

万物万一消失，你我在哪里相聚

月亮了天亮，穿过雪白的婚纱

向日葵升起来你我的大海一片寂静

二〇一四年七月十一日

凌晨的诗

写凌晨的诗我为你在早晨读

写离别的人看见重逢的那一刻

写梦中的人回来把花儿忘在梦里

写明月早已落下云朵一片震动

写恍惚的树叶翻过来却没有风声

写埋在暗处的事物抓不着词语

写流淌的水消磨大地和技艺
写高山深藏仙药猛兽独自奔走

写蚂蚁捅了大祸国王弄丢了扫帚
写木头劈开木头窗户躲开窗户

写火焰扑倒在地天空眩晕不已
写安宁和喜悦相遇了心还在颤抖

二〇一四年七月十二日　凌晨

午夜的诗

午夜辗转的诗那么缓慢而且隐蔽
仿佛只有半个韵脚安插在午夜之后
敲敲打打的星斗小小的锤子不偏不倚

我在阳台默念我给你的名字

雨夜和北方的烈日早已兵分两路

蝉翅如此单薄几乎可以剥削整个夏季

蛰伏的时间太长凄厉的歌声太久

被挪用的凳子发出不是凳子的喊叫

木兰花扭曲的果实占有了雄性的根据

书籍里的魂灵出没好像各有旗号

连篇的作者灰飞烟灭不费吹灰之力

街角灯火响亮仿佛大海归来杳无声息

二〇一四年七月十三日

黄昏的诗

黄昏的火车里你写忽明忽暗的诗

两边的树木那么快完全不一样

一面窗子写了让一面窗子又给擦掉

你在别处的时间写着别处的黄百合
而这边的萱草在晚风中没有摇晃
仿佛晚风的屋檐上只有狗尾草

轻轻叫着就好像蚂蚁和国王才听见
一次剧烈的停顿传遍了大街小巷
山顶的云不经意带走雨的山坳

沉浸在梦境里你写着离别之后
火车都过去了黄昏那么晚那么亮
莫斯科和圣彼得堡像两个词紧挨着

二〇一四年七月十四日

早上的诗

在天堂的门口梯子沿着大雨下来
梧桐深处的积水依旧在街道上滑行
黑夜像两端发亮的木床骤然翘起

梦醒时分给你梳洗也给你忧伤
夏日滚烫的云朵熨平了旗袍的皱褶
明月曾经袒露因为河山未经照彻

你在我信的地方开花开了一世界
在我不信的时候结果有了好结果
幸福的人啊唯有你知道我从哪里来

欢愉和不朽的爱一起缠绕如萝藦
林中滑腻的青苔是一道阳光的缝隙

区分开恍惚的日出与恍惚的日落

二〇一四年七月十五日

酢浆草

青花盆里有一小块荒野

守护着我卑微的灵魂

你会听到黑暗里的劈啪声

酢浆草翻动心形的三片叶子

开花就开金色的花

当我念想起最初的时日

四片叶子的三叶草

藏匿在不那么深的泥土里

一群生命在寂静中跳出
它们要去比风更远的地方

遗忘的种子比众神更久远
念念不忘也是无有回响也是

二〇一四年七月十六日

普希金

圣彼得堡如石头坐在不动的水上
别忘了波罗的海不是菠萝蜜海

自由的元素如此潮水一样涌来
诗歌的帝王巡视着橡树林和兵营

彻底打乱了五百个教堂的吊钟
让后来的跟随者找不到一个韵脚

静静的涅瓦河收取夏日的云朵
俄语的嗓音摇曳无数宫殿的尖峰

神秘的黑桃皇后领着赌徒和疯子
穿过黑夜与无底的房间不见了

还记得那美妙的一瞬昙花的幻影
神灵和凯恩给了你不朽的荣光

仿佛自由和奴隶同时听见的枪声
划过皇村鸽子拼命拍打的空

二〇一四年七月十七日

正午的诗

太阳在分水岭上空吸吮花朵和汁液

这盛夏席卷大地玉兰又开的时节
万物的主宰重新回到我的身边

当大海不在汹涌的海上而在你心头
我想起清风吹过月光四溅的露台
欢喜的夜缭绕的夜不肯散去

核桃在暴雨中滚下山岗
房屋在雷的荡漾中逼近回归线
正午的大街上却没有人的一丝丝影

北方和不可战胜的寂静混淆了
我用了一个赌徒的盘缠独自上路
石头要成为拱券就像词要成为诗篇

二〇一四年七月十八日

下午的诗

我想着你下午没有诗也没有雨的意思
园子里的梧桐树有了转轮似的结果

在火车上你做了一车厢的梦那么安静
这一路观花花先走，走马马不停

太阳从别处咆哮，太阳带着钩子
脱落的石头发出一阵轰响沉入大海

整齐的剪刀在时间的表面上留下缺口
仿佛白云弥漫的天空也要修修补补

而此刻无端的忧伤涌向窗边的小女儿
峭壁和发亮的湖水一起倒过来

白昼的闪电像联络官召集蚂蚁和野兽

一个人的桌子两个人的腿开始奔跑

二〇一四年七月十八日

上午的诗

一个梦也是一个小小的死亡当我苏醒
窗外是别的窗子。若冰雹声一直响
我就知道逻辑是土星上的火车

在透亮的云朵里，你照看我的写作
石灰岩的酸性暴露了尘埃和阳光
而书房用一片寂静对付一堆没用的书

美好的事物总是这样。爱情的高年级
依旧是个孩子爬到梯子上不害怕
地锦草沿着石头的缝生长不知疲倦

日落和日出是两个凳子轮流摆放

亲爱的，你到哪里去了那么久

青梅黄了竹马响了我在藤椅上等着你

二〇一四年七月十九日

扫一扫树叶（诗四首）

吃树叶

树叶都是太阳生的树叶
春天喂饱了它们
给花儿吃给蜜蜂吃

给结果的夏天吃
然后给所有吃不饱的吃
然后给然后吃

树叶太响了
虫子也害怕的声音
寂静的早上吃了出来

而构树的叶子
先天就缺了好几缺
总是担心什么就来什么

你看啊满是金毛的虫子
爬着也来吃拼命吃
小鸟跟着一起吃

凡是吃掉的叶子
会飞到来年的枝条上
那么多树叶养育一棵构树

那么多虫子
甚至长出了翅膀
翅膀就是了不起的智慧啊

时间隐秘的脉络
透过了大地的缝隙
这虫子这搭进去的树叶

教会一些自然之道
比起人类的喋喋不休

更明澈几乎没有任何欺瞒

二〇一五年十一月七日

听树叶

树叶的动静你听
仿佛隔窗有耳你听
山林随着季候冒烟你继续

听树叶透过树叶的一阵光芒
树叶摇晃一棵大树的巅峰
雷那么响天那么空

被筛选的星星团团转
树叶一样闪烁你听
树叶一样听不清

风在开始的地方听
树叶在铺开的雨声里听
风雨交加忽近忽远你再听听

一片树叶奔跑你听
一片树叶紧紧跟你听
一片树叶撞到墙上你听见吗

扑腾扑腾的树叶
东躲躲西藏藏的树叶
树叶不听你的只听树叶

远处的惊魂之鸟
让萝藦绝对的叶子
抖动荒凉的村庄羽毛的村庄

有时呼吸可以等一会儿
心跳怎么可以不跳

就好像树叶吹着树叶你听

听种子带着雪白的呼啸

听呼啸带着我们踉跄

听大地从来不怕野兽的嚎叫

怕的是人类细碎的脚步

仿佛世界的穿行漏洞百出

树叶碰到树叶一片叮当作响

听树叶说我爱你听

听说树叶照样千里万里听

听你说树叶全都来了那么寂静

二〇一五年十一月十五日定稿

看树叶

树叶在表面上走
我们看不见
看不见树叶看我们

看，杨柳树是一棵树
不是杨树和柳树
不是杨柳依依

在河边看。对岸只有风
风不看我们是谁
不看树叶的纹路和岔口

这些无花果的树叶
这些构树和柘树
互相一看就知道亲

就知道第一件衣裳从中而来

表姐妹们差不多的打扮

你看了如同在镜子里

做梦，露水一层来了

树叶一层铺垫，好像不是梦

是树叶带你飞

飞过最高的树叶

仿佛花喜鹊和无患子都停了

叫影子从影子里出来

看脉络明晰的树叶

看不透的树叶

透过我们的看也像树叶一样

紧密而摩挲

仿佛写清楚的一页天书

看你看到什么地方

不管不顾的节令

已经传遍每个居所

你贴着冬日的窗子可以看

一群树叶没有下落

而看树叶的人跟着时间看

没有树叶却只有子在川上曰

二〇一五年十一月十五日初稿

扫树叶

雪不知不觉已经下来

几乎压低了近处的屋檐

雪和大海也不用商量什么

树叶直接落在雪上
漆黑的窗子对着窗子叫
乔木的风高，灌木的风小

落叶不在别处
雪的疆域无法概括
就像有蒹葭的地方有水

有芦苇的水边有蓼
萝藦纠结诗经里的芄兰
词语的藤生出一双双翅膀

词语的花打开萼葖果
等着风来，等着风再来
雪在台阶上又上了一个台阶

你扫树叶的时候
树叶和树叶有雪的屋顶

雪和树叶像一场比赛被扯平

秋在结实，冬在收藏
树叶把树叶堆起
雪在雪里化开

一棵马褂木穿行路口
一棵梧桐让琴瑟宛如风声
一棵山茱萸不怕山顶风吹草动

结果就是这样
麻雀落满枝梢像树叶
树叶落满一地却不像树叶

一切都回到根本上
有的是觉悟，有的是羁绊
有的是天堂随后是深渊

四季辗转

大地飞禽走兽

万物分享万物

一片树叶给虫子过冬

一片树叶给你写诗

一片树叶最后给了一片树叶

二〇一五年十一月二十一日

小雪和大雪（诗三首）

小雪气寒而将雪矣，地寒未甚而雪未大也。

——《群芳谱》

小雪

雪从不迟到
总是提早一些时辰
迟到的是我们

叫熙熙叫攘攘的人
挤满了利来利往的路上
甚至没时间

看太阳落山
看雪落在忍冬树上
金银木的果子

埋在深雪中
仿佛寂静也加厚了

听不到外面说些什么

听不到抱怨和哭泣
雪那么快下来
靠了一棵树的梯子

下来的时候夜深人静
胡同里只有胡同
仿佛时间打了一个来回

槐树的枝叶浮现
一些人又活了
雪化了

只剩下白塔寺和清朝末年

二〇一五年十一月二十二日

和

雪在继续

在词语的夹缝

寒气袅袅，万物浩荡

柿子吃掉一大片黑枣

砧木上厚厚的雪

盖不住砧木也盖不住河水

喜鹊和喜鹊争抢着

橙黄的柿子，吃掉的柿子

像链条那样一环

接一环，绵延几千里

最初是细雨

大海和青山却如此耐心

雪的降临

没有任何铺垫

高过树顶的积雪

顺流而下

树叶披挂上阵

狂风吹起耸入山巅的云朵

仿佛装走嫁妆的的大口袋

木头的大车在奔跑

雪的轱辘在飞

世界的小脚丫站不住

道路埋在道路上

而一阵鸟鸣从窗棂里回来

千万只兔子骤停在拱桥上

屋脊的两边

琉璃如耕种一般滑过

看新娘在雪的婚礼上飘扬

二〇一五年十一月二十五日

大雪

小雪的节气大雪来庆祝
冬天已然抵达
杨柳还是不舍

而松树和松针都松开了
雪的气息
囊括一切细节

银杏沉没在雪地上
整棵树一直都在摇晃

整棵树都吓坏了

结果一个个裂开
还带着明朝的气息
金子一样扑面而来的叶子

归拢在屋檐下
梓树和楸树在不远处
互相打扫

雪的访问那么突然
河水好像忘了
应该结冰的日期

腊梅的叶子那么精神
冬天的羽翼抖动了
大地收到的命令

让一条路那么辽阔

时光也跟着回去

初衷一样的雪

落在湖上听不见任何声响

二〇一五年十一月二十三日

仿佛时间开始了（诗十三首）

仿佛时间开始了。大地上的所有事情
变得清晰，结果不早不晚落在一朵花上

还有

天空不说了。还有无患子纷纷的落花
那落花不说了。还有疯狂的蚯蚓

蚯蚓不说了。还有冒出新芽的种子
隐去满嘴的泥土仿佛羽毛在呼吸不说了

还有一片起伏的苔藓，栗树林中的光
从早上斜着进来，不说了不说了

还有一匹马吃着青草。还有一片青草
吞没荒野和正午难以自拔，不说了

还有你的书房，窗门敞开大雨嚎啕
不说了。还有爱你的人我行我素不说了

还有一条溪水哗哗流淌，远处的雷
滚动在麦田上空，什么也听不清不说了

二〇一五年五月三十日

这是无端的关口

这是无端的关口，这是摇曳的关口
你在山梅花的关口上与万物争执不下

透明的水，找到一把不透明的剪刀
石头和石头对垒。低矮的墙更低一层

孤零零的一树无花果熟了还是孤零零
欢喜的人啊，转过来给我的人看看

你不为什么也可以这样，可以那样

太阳和天鹅一起照亮了镜子和野葡萄

湿润的羽毛，扇动战舰的美力量的美
和九龙壁一样高的云朵在风中喘息

黄昏已落下。你说黄昏落下又有何用
我的人从山顶到山顶而你看不见她

二〇一五年五月三十日

伟大的药剂师

我祈祷伟大的药剂师带来神奇的方子
你要风雨无阻因为你可以呼风唤雨

我祈祷我的人在荆棘里苏醒等你到来
等我在峭壁上挖一条缝找一条命脉

我甚至祈祷乌鸫不要经过杜鹃不要叫
我的人还在煎熬中受不了半点搅扰

我祈祷四季是一季在草木中生根
夏天满树的果实蜜汁饱满源源不断

我祈祷星辰如水在夜行的大道上奔涌
我的人呼吸深山中的灵气一路安生

我祈祷四月开花三月结果无咎有望
所有的病痛在神奇的方子里无影无踪

二〇一五年五月三十日

天空是个黑点儿

天空是个黑点儿。此刻你从台阶上下来
早晨是树叶的背面。你说树叶还有正面吗

虫子吃过的海棠的树叶，像紫竹院一样
在风声里咀嚼。高耸的太阳喷洒火焰

你说紫花地丁炸开的种子为什么不见了
阴影和不动的蜥蜴，依旧是四只脚在奔跑

仿佛季节的爪子收拢在一起。樱桃红了
你说那么红简直不要命了。桑葚满地

不是糟践一棵树，是糟践春天和大好年景
鸟都去哪里了你说。云游的人你可看见

道路和高山缠绕在一起。葛藤没有结果
此刻，台阶上都是无患子密密麻麻的落花

二〇一五年五月三十一日

风起于萝藦之巅

风起于萝藦之巅，而你顿时泪如雨下
运走种子的河流也运来锦鲤和乌鸦

这无关诗人的正午，荒草收集鸟蛋
杏子等候农妇。豌豆的叶子那么透亮

却不在豌豆苗上。我想起另一个夏天
山莴苣冗长的黄昏令人不解，仿佛

在鹌鹑奔跑中，大麦的锋芒已经消亡
不懂珍惜的人啊死于春晓依旧不懂

藤蔓在盘旋。石头混乱如一场交谈
掩盖了车前和播娘蒿。荠菜花开过去了

天空飞舞的马蹄铁震动了耕地和葡萄架

沉默者继续沉默，悲伤的人独自回来

二〇一五年五月三十一日

你看这首诗已经到来

这首诗必然到来。时间没有早晚因为
本来没有时间那个东西。如今有一页纸

空空如空。有一些词语抓住几个事物
它们是马鹿花，葛藤纠结柘树枝的南方

分水岭寂静的北坡长满猕猴桃与枸橘
你在河的下游，在竹林隔开的晨光之外

读一首正在到来的诗。茜草跌跌撞撞
染红了春秋。野漆的漆让古人继续活着

让无用的器皿继续用。而楷模之树笔直
它们沐浴雷电，在濒死的光芒中摇曳

如废墟里的一个隐喻，收回瓢虫和青蒿
时间没有早晚。你看这首诗已经到来

二〇一五年五月三十一日

暴马丁香

没有别的花可以打开。几本书高于喊叫
高于飞走的声音，像一条线那么远拖住了

暴马丁香暗处的长城。山谷的风吹过山巅
你赶紧去看。云朵不在天上而是在树上

白色羽毛脱落。雨的种子猛砸半坡的巨石
雨的田埂歪歪斜斜，而错字最后都对了

千年之后，依旧是当初的工匠继续刻画
砖的子孙石灰的子孙。而暴马丁香的子孙

活过来，在砍刀和炊烟的交错中活过来
如此凛冽的寒气，却催生了羊群和牧羊人

芄兰的藤蔓长满一对对翅膀。难怪萝藦
在树下盘旋，如果你来就保准一下子看见

二〇一五年五月三十一日

传说就是传说的方子

传说就是传说的方子，没有药给你煎熬
没有医生给你嘱咐。半钱当归或三钱远志

不清楚好了是怎么好的。你在晕眩中

黄牛火车大雁飞机一起云游旷野依旧旷野

决明满树黄金。我想着你到更远的天边
在透亮的山洞里，读自然的书读时间的书

那些回忆的章节充满戏剧。那些苔藓的光
经久不散如蛇的盘踞。五月的挥霍者

蔷薇一片惊慌艾草一片狼藉。我的人啊
穿过接骨木花开的缝隙，千里万里的河山

青春依旧青春。玫瑰色的湖面无声无息
石头塌了。我们对开的伤痛谁也救不了谁

二〇一五年五月三十一日

白日梦

蟋蟀的叫声掀动屋檐。黑夜的白日梦
语言的白日梦，给了我迟钝的把手

给了我进入的梯子。好像蓝色的海王星
环绕太阳和它的魅影。月见草枯萎了

雨后的洼地，可以瞥见银行和杂货店
挤在一起的样子，明暗悬殊却心照不宣

金星似水荡漾。红李无果樱桃累累
一场时间的搏斗，分不出谁是胜利者

谁是内心的观众。大江奔流仿佛不知道
大海转向。我的人走了那么久那么远

一盏灯亮着不晓得一盏灯不亮为什么

这黎明前的两个人自说自话，互不打搅

二〇一五年六月一日

仿佛时间开始了

当我吻你的时候，一万家灯火突然熄灭
一万家门窗不露风声。那么多的绳子

拧在一起的绳子把我们解开。那么多
种子在树上在树下，开无患子一样的花

开平生已经死去的花。惊艳的萝藦啊
在风的高处悬停，在风的低处等你

在雨的荒郊之外等我，长出长久的力气
如长久的吻一样。呼吸都妨碍了我们

妨碍了四季的更替。我们的血液缠绕
雷电的碰撞，也让肢体抵达灵魂的秘境

仿佛时间开始了。大地上的所有事情
变得清晰，结果不早不晚落在一朵花上

二〇一五年六月一日

摩羯座

天空是一条缝。哐当声从后面传过来
明月悬在两点钟位置上，红润而且静谧

喜鹊叫喜鹊飞了。蔷薇叫蔷薇慢慢开
更慢的杠柳把灌木吞没，用它柔软的藤

用它跟名字差距太远的末梢。万物的大会
赶往夏日的荒野，那里不会有什么结果

有的是青的山杏青的李子。娃娃们在林中
奔跑。鹌鹑在鹌鹑蛋里听见石头的滚动

石头的方言。每个节气都是巨大的变故
不需要提前知道，或者在梯子上攀登

摩羯座的人站在最后一排，与冰雪为伍
云朵隔着云朵喊叫：皮毛呢闪电呢暴雨呢

二〇一五年六月三日

松子不在松塔里

而且一等就是两年三年。松子不在松塔里
松树不在高山上。黄金和尘土平起平坐

要说厉害当然是尘土。要说尘土可以塑造

火焰和灭亡，我和你也只能打鱼和晾晒

只能站在萝藦一边，看她手上飞出的时光
穿越星辰狭隘的缝隙，在黑夜将尽的云朵上

讲述早春的早上，万物的缔造者带来辽阔
那么多草药的辨认，总比看懂一个人更容易

比如黄精和玉竹，好像谁也没有招惹谁
远志和当归，跟一条走不完的路毫不相干

溪水慢慢开始的地方，笔直的树木没有
多少结果，青梅却知道你在那儿一动不动

二〇一五年六月四日

艾

想起几个词语的起源。却忘了四季奔流
榉树的根芽也许来自榆木疙瘩。树叶

和树叶不用比较。花儿和花儿比较混乱
春天的起草者，在荒野中藏匿种子

鹿角和大风贯穿雨的森林，雨的插入
而那些丢下时间的人，像登记造册一样

被乌鸫和燕子的头脑识破，毫无悬念
亮起来的窗子，也可以听到隆重的鼓声

仿佛一条大河的末端，生出水车和乱石

夏天的大小包裹已经托付。蚊虫的血

迟早是每年的馈赠。艾蒿的香那么久
那么飘飘然，本不是我要告诉你的事情

二〇一五年六月六日

卷四

西溪诗章（二十四首）

四月飘着小雨十一月却透着蓝

——题记

湖边

我从水边听到一阵风声
那风声来自发亮的悬铃木

全部的灯光藏匿在林中
明月数星星数一数没有完

仿佛天空紧紧裹着树梢
我吻着你深深的久久的吻

你的呼吸也在苏堤的两边
把西湖分成了西湖

而细雨在细处突然停下
路边的长椅等我们来

等我们走了落叶贴在上面
好像看不见我们已经离开

二〇一四年十一月六日

湖上

我爱你看水杉在水边不动
白云下白堤悠悠千载那么长

在湖上都忘了时间和地点
身在何处仿佛还用不着仿佛

人人是游客不分你我
你我不分这里或者那里

孤山并不孤单因为我在你在
喜鹊飞了也一样留下喜悦

水在桥下流淌好像不是水
桥在水上透着更久远的时光

唯有一条船去我们的去处
回头是杨柳不回头的是香樟

二〇一四年十一月七日

西溪

是篱笆墙外翠绿翠绿的芄兰
是金色荷塘重现的旧时光

是被嫁接的树上挂着柚子
是小乔亭亭的大房子关着窗

是我和你分分秒秒的梦境
是雨打在开了花的芭蕉树上

是爱和死一对学生子在争执
是悲欣不断在不远的地方

是昔日野莴苣摇曳的种子
是你我的烦忧和你我的慌张

是我的宝贝和萝蘼阵阵闪烁
是溪水在后窗静静的流淌

二〇一四年十一月八日

有一年

有一年也是江南的冬天
也是青山挡住恍惚的夕阳

透亮的风从果壳里飞出来
你手持萝藦从天而降

不知道种子都去了哪里
你去了哪里我还是不知道

水蓼细小的枝叶晃动了
雪白的荻守着金色的荷塘

我想起那一刻你的容颜
仿佛全部的话语只有沉默

只有缠绕蒹葭的芄兰
等在那里如今晚一样清澈

二〇一四年十一月八日

小乔小乔

我爱你的灵魂从开始到开始
如乌桕树深秋金红的叶子

那么响亮几乎听不见声音
我喊你的名字度过黑夜

用最无用的办法去证明
星辰和大海在一朵云里燃烧

而所有的梦想就是不要醒来
分分秒秒成就了分分秒秒

生命结出果实之后才是生命
指缝里流走的沙子堆积着

仿佛松软的山顶长满奇葩
那一刻火焰紧紧裹住了肩膀

二〇一四年十一月九日

语言

你我的语言也在一处呼吸
嘴唇对嘴唇收回了一面之词

仿佛弯曲的梯子攻破城池
更直接的矛就在光线中飞动

哪怕是青山和大海的波涛
都没有挡住一阵无助的尖叫

我听见两个魂灵彻夜交谈
停顿的那一刻行人突然多了

时间取走了时间的滴答声
透明的墙打开了一万颗星星

世界没有预兆你也不在乎
走好多路我只认一条路好走

二〇一四年十一月十日

橙

在一棵树上一个两个不会更多
开花在一棵树上而结果不是

窗外还是旧年的水流向旧年
四月飘着小雨十一月却透着蓝

在一棵树上我怕你忧伤的眼神
比忧伤的黄昏还多一层忧伤

天空没有用因为那么高那么亮
因为天空没有语言只有风声

穿过一棵树和一棵树的距离
仿佛风声在落叶里很久很久了

有时候是早春有时候是初冬
在一棵树上看见看不见都是你

二〇一四年十一月十一日

芭蕉

苍天先给你云朵后给阳光
打碎的雨声也落入你的梦乡

青草青青万物只有此刻
仿佛早春刚刚醒来的池塘

幽远辽阔叶子一动不动
而风的尽头也是芭蕉的尽头

你看翻卷的花瓣那么妩媚
弯曲的果实如此紧密

窗子对着窗子喊四月
一个人对着四月喊小乔

玲珑的雨声都是你的回响
芭蕉深处你听你继续听

二〇一四年十一月十二日

楝

这一树的紫花花开满了四月
这一树的金铃子在冬天叮当响

而此刻我感到周身的寂静
从水面的四个方向继续铺张

无患子在旁边等你来等你去
乌桕在堤岸上透着红也透着绿

溪流那么慢因为爱那么深
世界的诉苦者都转身走了

树叶上的树叶好像谐音字一样
不重复不足以叫我们看见

这一树的风光给了四月和小乔
这一树的结果传遍大街小巷

二〇一四年十一月十三日

菊

九月润了九月花儿不可重叠
可我每次喊你都是第一次

第一次太阳在桂树上长满枝桠
银的金的埋没了像一次抢劫

这天下归藏的季节一片安详
仿佛大地的轮了无痕迹

不断的根芽依旧深不可测
半山的半山上找不到下坡的路

大雁飞过云朵大雨飞过西溪
第一次篱笆上缠绕萝蘼的青藤

灵魂遇到灵魂九月润了九月
裸露的香弥漫在青翠的蒹葭上

二〇一四年十一月十五日

无患子

无患子啊什么时候你的花
结了一串串的果谁都看不见

雨中落地的种子生出新苗
好像一场惊喜给了我们意外

这秋末盛大的春日祥云朵朵
桂枝摇曳季风在远处停歇

水杉在最近的地方不声不响
瑜伽的人啊什么时候来了

一条荒野的路劈开了荒野
青的竹和露的水结伴而居

沁人肺腑的宁静滔滔不绝
无患子啊高过无患子的枝节

二〇一四年十一月十五日

蒹葭

蒹葭没有在水上没有在湖边
而是从春天的词语中不断生长

不蒹葭不苍苍好像从未见过
这透绿的新芽也透过时光

箭一样飞出压过犀利的北风
呼啸的黑夜散布了满天的星星

此刻我看见你也看见了
蓝色的蒹葭清扫天上的尘埃

金子的秸秆摇晃悠悠的云朵
喜鹊叫着毫无来由地叫着

一枚银色的曲别针突然伸直了
到处是你我不能说话的地方

二〇一四年十一月十九日

树叶

叶子在一棵树上我看你看
一棵一棵的树躲藏在叶子里

它们依旧那么明亮尽管看上去
跟一片一片的叶子没有两样

季节的往返在别处都错了
分分秒秒的世界谁也分不开

一阵风声收起了一片叶子
一片叶子给一阵风声一个遮挡

你在一棵树的周围一遍一遍走
一片树叶停在半空等你来

这是通往西溪的一条宽大的路
看形形色色的树叶里只有你

二〇一四年十一月二十日

此刻

此刻我决定返回你我的萝蘼之地
尽管黄昏输给了野漆树的树冠

来自天边的风声带动简陋的沟渠
或许你坐在西山上听流水幽远

哑女一般鲜亮的蝴蝶没有动静
麦田里的小苦菜没有苦菜的样子

我决定在死去的青苔上继续挖掘
像一粒豌豆找到了紫色的春天

你碰巧缠绕在乌桕突兀的细枝上
开始有了花开花开有了结果

仿佛垂暮之年的无患子那么高
做梦想不到的地方我们却在那里

二〇一四年十一月二十一日

那时

那时书本是一片沙沙响的竹林
你坐在倾斜的椅子上读万物

读万物不认识的名字和逐客令
让一个熟悉的早晨感到陌生

那时奔跑的梅花都在树上
花儿落下好像羽毛离开翅膀

那时青草铺垫道路的缝隙
安静的毛毛虫喊叫的毛毛虫

冬笋的汁液挖出一阵清香
溪水护着溪水荒野护着小鸟

那时天空给天空布置云朵
你读竹林读野菜依旧在半山上

二〇一四年十一月二十二日

海棠海棠

海棠海棠开花了！这并非偶然
秋天结果的海棠秋天绽放的海棠

好似九月是三月，新蕾伴着菊香
山上保叔塔那么高你我看不见

因为远处是云朵，近处是海棠
小船漂在湖上石桥停在堤上

溪水不声响，鸟儿已怠倦
只有阴影里芙蓉依旧那么灿烂

万物总有出入，草木总有往返
我们忘记了时令但时令不忘海棠

这多事的秋天，这无事的秋天
花开不会海棠错海棠不怪赏花人

二〇一四年十一月二十二日

太阳下山

太阳下山的时候，萝藦飞起
码头一阵摇晃，好像不是码头

好像水的丝绸做了水的新娘
多美啊！接骨木都给了接骨木

仿佛只有我在那里等我的人
在千万人中，千万不要辜负了

等我的人，千万里那么遥远
你还是来了。紧接着一场细雨

莲花打败梧桐，叶落无声
灵与肉的搅拌让世界转过去

你不知道的奇迹让我知道了
多好啊，就在太阳下山的时候

二〇一四年十一月二十三日

荻花

风中的荻花直接倒向一边
水的一边如此明媚仿佛黎明

在远方抱着果穗顺势而来
荻花层层升起落木阵阵向下

我想起另一个秋天的傍晚
山莴苣银色的种子重新点亮

星辰和一万个窗户没有间距
来年更早的春天小鸟一样

飞过寂静的树顶吵醒了枝桠
紫色和金色的蕾同时打开

一条路穿越生死无字的界碑
水的一边没有水只有荻花

二〇一四年十一月二十三日

蝴蝶

平静如许的蝴蝶只是微微扇动
呼吸一样的翅膀掩藏了世界

仿佛积攒冬天的雪开始抖落
树叶和树叶没有先后都在地上

睡眠这宽大的帷幕掀开缝隙
黎明带着顶尖的触角已经来临

当蝴蝶发出一声细微的叫喊
湖水披着双色的斗篷搂住我们

我们的呼吸也落入远去的大海
蝴蝶和萝藦在同样的时辰里

撕咬着不断的忧伤无法调和
而毛毛虫和春天方可等物齐观

二〇一四年十一月二十三日

时间

我想给时间挖开一个小口子
那样可以看见你的前世和今生

看今生看不见的种子从石头里
长出对称的新芽犹如影子的影子

蝴蝶的世界早已经疯疯癫癫
无花果和构树更接近一片叶子

仿佛天空的外面不是什么天空
而是一个人从他的尽头看我们看

荒野上的油菜招惹了几个幽灵
他们都从豆荚里隐藏自己的出身

时间的缝合线总是浑然天成
你看不见我看你在葛藤上盘旋

二〇一四年十一月二十三日

喜鹊

喜鹊在栾树上叫喜鹊飞
叫喜鹊叫的栾树一片沉默

冬日的清晨的确毫无征兆
那每天的必经之路干干净净

好像遗忘就是这样过来的
从前是好的从前的不好

是一层灰抹在金色的塔尖上
有人信也有人信他的不信

仿佛人人都有一个小板凳
而没用的小板凳都那么漂亮

喜鹊在栾树上叫喜鹊停
叫喜鹊叫的栾树一阵摇晃

二〇一四年十一月二十五日

青萍

青萍之末只有水在那里潜伏
透明的雨在青萍之上飞跑

种子在一个驼背老人的口袋里
好像翅膀的拍打浪费了翅膀

而不管一只金色的鸟叫什么
我喊你沿着红色的柱廊你回来

万物不是随便一些东西的堆积
有的有光有的没有它们知道

你我不知道昨天的历法和阴阳
如何看待大地的荒芜被抹杀

黄金的稻谷在季风中倒下
人群噪杂的地方看不见人来

二〇一四年十一月二十五日

荒野

荒野对面的房舍没有荒野持久
和你交谈的分分秒秒都成了沙粒

我依旧从后窗看金子一样的柚
一样的金子也无法打造你的明媚

溪水长长早知道时光一去不返
枝叶深深好像来年一定还会再来

风声阵阵当柚子结满了树梢
天空的空依旧带走大批的云朵

天空的天守望着一片银色的芦花
而柚子在后窗的后面仔细看你

午后的阴影吃掉了红蓼和青荇
唯一的柚子挂起来如永远的神灯

二〇一四年十一月二十六日

桂

金桂银桂不迟不早你一来就懂得
这满城的美味似乎又逆袭了大宋朝

平静的池塘空无的池塘连在一起
水一般的明月浇灌平湖和几株芭蕉

回首的北高峰对着南高峰都对了
我去看你正好是秋天的第二天

一座桥可以不断一枝柳可以不折
下着下着雨就细了走着走着没人了

当我亲吻你的时候万物有了呼吸
一路桂花的香也突然退去毫无察觉

钟声无声才会惊动亿万颗星星
那么亮的夜色仿佛世界观照了世界

二〇一四年十一月二十七日

卷五

风吹草木动（四十二首）

太阳还不够猛烈，风还不够轻不够我们冥想

——题记

金丝桃不知道繁缕

一

园子里，只有稠李
既没有害虫，也没有益虫
蔷薇花和她的小表妹们
在紫花地丁的上空
喊着你的名字

二

雨下来
雨和绶带草不在一起
那扭转了四月的叫
叫五月突然停顿
像两棵广玉兰之间敞亮的空隙

三

小满在麦田里

小乔在窗外

更小的蚂蚁在早晨

收获也不小了

四

金丝桃不知道繁缕

繁缕不知道小乔

我还能知道什么呢

五

你也发现了

你被发现了

水杉和不断流淌的树叶

给我们遗忘

给我们种子

六

这个桃李无言的地方

这个寂静的午后

无患子酝酿着春天和勃朗特

七

一滴露水照样震动了池塘里的莼菜

八

夏天的青梅

夏天的青山

足够夏天吃了，足够

九

你喊我去看

山特别高，水特别远

世界隔在二十四节气之外

十

一片槭树叶的影子落在一片槭树叶上

十一

杜梨开杜梨的花

雪梨嫁给杜梨之后

开雪梨的花

十二

银镯子碰撞的声音里

萝藦的种子打开了

冬天在下雪，西溪看不见

十三

点地梅

星星点点撒了一地

擦着泥土，花开如梅

十四

夏天的白只能是一丛灌木的珍珠梅

开花了你看便是梅花不开花是珍珠

十五

就在白皮松的表面上

上帝从来不会把她掩藏

我们看不见真理

是因为不想看不敢看

虞美人

也在罂粟的大家族里

山坡上的精灵悄悄打开

没有风好像也没有小表妹

天目琼花

天目山遇见的琼花

围绕着云朵围绕冰雪

本来要做的每一件事情

四月早就给我们安排好了

玉兰

小乔和大乔就在近处

玉兰在早春等你来

等你不来

花开开了花谢谢了

莲蓬

好奇心就是这样冒出来的

坚果还不够结实

太阳还不够猛烈

风还不够轻不够我们冥想

桐花

晚春也许不晚
抬头满树的桐花开满城
再抬头紫色的云朵吹着风
要是低头会想起你往日的爱情

荷花

落花落在莲叶上

莲叶的叶，莲花的莲

你或许不知道雨的开始

却知道花一定落在雨的后面

萝藦

萝藦开花，有了萝藦

萝藦花开，有了指望

萝藦的果，对着死对着生

萝藦的藤，依旧绕在你手上

橡胶果

那安静的果实来自印第安的大地
大树上不断的乳汁喂养了黑夜
忍痛的橡胶林在黑夜中愈合
又在日出时分迎来了忍痛的割胶人

豌豆花

落在中国叫荷兰豆

落在荷兰叫中国豆

落在碗里我们叫她豌豆

葫芦

葫芦娃在葫芦藤上爬

葫芦藤在葫芦架上爬

葫芦那么小葫芦那么大

装了酒是醉人的

装了药是救命的

梅

满园春色，谁曾寂寞

梅也落花，梅也下雨

念梅表姐无中生有

想梅表妹千里万里

茑萝

这哪里是茑萝分明是个汉字

从土里跑出来还以为不认识

开花就开红星星的花

不开花生着鸟的羽毛

梧桐

先有果实，后有梧桐

先有梧桐，后有小鸟

先有小鸟，后有凤凰

先有凤凰，后有神话

美洲海棠

这不是一片海棠的叶子

这就是一片海棠的叶子

海棠的叶子应该在海棠树上

不是海棠叶子不在海棠树上

荷

出污泥而不染那是德行

出污泥带污泥才是真理

山桃

山桃花就一朵在枝头

山桃花就一棵在院子里

山桃花就你一个人悄悄看

山桃花不在山上依旧是山桃花

半夏

半夏半夏，夏之一半

半夏半夏，面度面啦

半夏半夏，有毒攻毒

半夏半夏，跟我来吧

荇菜

开花开银闪闪的花

开花开金灿灿的花

荇在风里，风在水上

淑女的淑多么美

君子辗转了遇见了妄想了

芦苇

在水的那边叫蒹葭

在蒹葭那边叫苍苍

秋日到了，白露白了

要命的人啊你藏在何方

落新妇

这一片小小的花的森林
长满了虎耳草和黑夜的精魂
也许就在千万个同时的婚礼上
唯独你悄然而落
从一个轻风扑面的早晨

茶花

春日蒸蒸。第一朵茶花是冬天开开的
窗子经过擦洗，因为太透明看不见东西

词语在事物的两边。告诫从来不起作用
茶花和太阳只能选一个。贪婪的人啊

好像失传已久的技艺，突然赤裸而来
唯有茶花。果壳爆裂如经年的鸟鸣

记忆和喜悦无法对视。萝藦缠绕你
顾不上言说。旧山河仿佛一只青花罐

响亮却易碎。足够一个早晨端详
安宁自己找上门。难得一见的安宁

恰恰是茶花的绽放藏匿茶花，恰恰是
一个人在自己后院，想了很多转了很久

二〇一五年一月二十三日

梨花

梨花的白可以说太过分
梨花的雪蒙在树上

梨花的雨在风中没有下来
梨花的春天还是那么远

梨花的诗不如海棠的艳
梨花的呼吸仿佛已经断开

梨花的神韵让你只好沉默
梨花的词语多少都不多

梨花的三月不早不晚
梨花的来年不一定还是梨花

二〇一五年三月

无患子

无咎有望的无患子啊无患子
你见到的月季就是月月红

天目山的琼花落在紫竹院里
萝藦的苗头可是春日的好兆头

早晨的光，沿着树梢晃动
一种叫四声杜鹃的鸟飞了起来

大山在大海上。大海在海边上
西溪不在我的西边也叫西溪

你看天透着那么蓝，蓝那么亮
落叶随时青草随时花开随时

季节的小闹钟挂满了枝梢
你不早不晚，在水杉下听着风

二〇一五年四月二十五日

绶带兰

雨后的绶带兰和一个透明的女诗人
在小花园里停留。不知道谁是冥想者

谁是冥想者的神灵。在翅膀的背后
万物张开的豆荚撕咬紫荆密集的种子

溪水在屋沿流动。乳房深入镜子
圆满如初。云朵从树叶后面悄然生长

雨的灌溉那么均匀。乌鸫和早晨
叫醒了接骨木的枝桠。为什么不是

无患子漆黑的果实在桌面上滚动
为什么滚动的涟漪，击中荷叶的中心

密密麻麻的窗口，对照彻底的天空
大风穿过露台，两把椅子交换了地方

二〇一五年五月二十一日

杏

杏满满地缠绕在树上，杏的叶子大小不一
六月的六月，浆汁进入蜜的源泉和巢穴

进入雨季的河流，你不能一次也不能两次
打碗花接住了露水和早餐，只在一瞬间

太阳落山了。没有前没有后没有没没有有
万物到达词语深处。全无消息一如寂静

从屋檐上拉长了水滴。光的结尾依旧是光
我看你在露台上看，在看里看一个疯子

一会儿敲打左边一会儿敲打右边，很任性
仿佛上帝的一根火柴，丢在哪里哪里亮

我只有等半夏以后，半夏的三片叶子
瓜分大地和鸟鸣，等蟋蟀叫黑夜缓缓驶来

二〇一五年六月七日

柚子青青

柚子青青，天色黄昏
我想你在漫长的时光里
仿佛一场大雨，突然停下来

道路明澈，花开两边
你走过那么空旷的季节
几乎是一个人，几乎就是

云朵踩着轮子跑
树叶不在树上，树叶不在
你自由了。世界可以看

种子可以飞
星星们很远很远抱成一团
收获之后的天空望不见尽头

二〇一五年八月十八日

蒹葭

是一条大河停止不动
是一片蒹葭没顶汹涌

在桥上走了三遍
有一回我紧擦着栏杆

漆黑的种子落入荒地
荒地的种子翻找时间

道路的岔口一遍遍张开
不相信的青草相信了秋天

仿佛一个人站在花穗上
没有风也没有落叶

二〇一四年八月二十九日

铁苋

一棵铁苋菜和苋菜没有瓜葛
雨后的树叶干干净净

八月的月那么高那么亮
落果在海棠树下却不是海棠

二〇一四年

金银木

金的银的木头的
吃了药也吃五月的虫子

小表妹在篱笆上
绕来绕去叫金银花

那么远看起来都糊涂了
其实只有小白渐渐黄

忍冬啊忍冬
到了春天你可怎么办

二〇一四年

半夏

天南星照亮了张开的三片叶子
在翠绿的林下，没有水也没有告诫
我想起菠萝蜜和桑葚一家的幽谧时光

万物自有短长，万事各有难易
太阳均匀的斑点涂抹着季节的梗概
仿佛不动的水到了蓝色的海上

你从恍惚不定的床上突然坐起来
黑夜临近结束，夏天已然过半
这有毒的花，她的另一个名字叫守田

二〇一四年六月二十七日

梧桐

浓密的枝桠捕风捉影
太阳在远处，好在星辰在近处
你看天空不空，就像你看云朵不散

黄昏的雨，黄昏的夏至
湖水在湖水的中央那么平静
悠悠的小女儿消失在漆黑的夜晚

唯有闲暇是正确的。金子没有用
翅膀没有用。幸福在词语里
没有用。爱最不爱讲的恰恰是逻辑

抱住栏杆的大海，凭什么退缩
老虎扛着梯子，望不到大海
凤鸟归来叫梧桐结果不叫梧桐开花

二〇一四年六月二十五日

青梅

雨从一棵树到一棵树落下
经过大地的庄稼，河流
经过时间的冲刷那么缓慢

那么远，一棵树到一棵树
仿佛隔了河山，河山隔了大海
你和我终于找到了我和你

一棵树到一棵树，有了结果
然后开花。悠悠的小女儿
在萝藦和蒹葭的西溪上

天天如此。天天可以是青梅
可以是雨的叶子落在雨里
在一棵树不到一棵树的时候

二〇一四年六月二十五日

睡莲

坐在湖上看吧，这沉入黑夜里的花儿
与黑夜一样古老。中国了印度了也埃及了
白昼是火焰，当黄昏来临万物停止燃烧

死一样寂寥的梯子，挂满恍惚的灯笼
枣树结枣树的果，不是枣树当然不知道
从六月到八月，大风敲着大地的门户

睡眠之神在张望。她要是看见你你就昏昏
小乔和悠悠的小女儿，回到安宁的梦乡
那里星斗没有天空那里天空只有云朵

二〇一四年六月二十四日

栀子栀子

茜的姐妹们在夏日里那么白
好似个个顶着冰雪的花朵
却透着冰雪没有的一阵阵清香

在悠悠的风中，悠悠的小女儿
看着早晨的雨盛满黄昏的碗
枝头的栀子也是书里安静的栀子

小乔在还在梦的手心里
出不去回不来，就像放晴的云
互相拉扯直到海边近了天边

初心和明月，小乔和悠悠
她们在一起是没有长大的姐妹
敲打着窗子仿佛窗子喘不过气来

二〇一四年六月二十七日

木瓜

木瓜在木瓜里生，木瓜在好树上长
开粉色的花，与任何瓜也没有瓜葛

木瓜结果就是为了我们，永以为好
永以为好，木瓜结果就是为了我们

二〇一四年七月八日

溲疏

有一种灌木叫溲疏
开白色的花
五瓣的花

结果在七月的枝条上
特别小
好像没有结果

虎耳草科的一员
除此之外
我也所知无多

二〇一四年八月三日

桂花

扑过来的香
是一种小乔木
秋那么高气那么爽

明的暗的
花时间看花
金的银的都不对

到底是钱塘
雨是斜的
水是平的

云朵慢慢打开
门里门外
找你找到一条路

显的山不显的庙
绕了一个天大的弯子

依旧是捷径

看着嗅着

尽管南北有别

而月色不分东西

二〇一四年八月十九日

杜鹃

杜鹃杜鹃飞走了

杜鹃杜鹃才开花

徐长卿啊徐长卿

一棵草抓来一把药

牵牛牵着也不走

不走的牵牛拴住了谁

二〇一四年

海棠

海棠不是熟了而是红了
好像不是海棠结果就是

春天盛开的花儿是白的
不知道蜜蜂是怎么知道的

那么远几乎超过了时间
雨水和太阳可以不早不晚

一树一树的果子都累坏了
明年的根芽明年的枝条

谁此刻在树下想同样的事
那一阵风声里只有寂静

落叶铺在散漫的落叶上
有时你看见有时你看不见

二〇一四年八月二十七日

我在春天见过这些果子

我在春天见过这些果子
绽开的花儿那么癫狂

隐隐约约，我早已发现
雪一样缠绕在枝梢上

如风铃却没有风声
我甚至听到门外的水

撞击刺槐和码头
落英牵头，三月远去

天空对着摇晃的天空
天边说话的人拍打云朵

坠地的果实啪啪作响
这一树梨花那一树海棠

二〇一五年九月七日

葫芦

世界在那里在，就为了叫人百思不得其解
就为了葫芦要开花，葫芦要生一串的葫芦娃

天啊在一根藤上！云朵和早晨也在一根藤上
装满水的葫芦娃摇晃着，听不见任何水声

仿佛死亡扎紧的口袋提了上来，如此寂静
寂静是另一个口袋，扎紧了食粮和空气

有弱水三千，有无数的葫芦游向无尽的大海
一瓢一瓢的大海给了厨房。一粒一粒的盐

给了力气。我的人啊在四月和三月的旁边
我的人做梦想不到，种子飞到鸟的嘴里

叫不了！漫山遍野是葫芦的天下葫芦的板凳
我的人坐在那里不言语，却说穿了世界的奥秘

二〇一六年三月四日

卷六

节令独自行事（三十三首）

漫长的冬夜，你来接管扑面的星辰

这寂静的时刻，大地的命脉独自闪烁

——题记

新年依旧

你说世界在哪里新呢。跳了一个数字
换一个不同的地方。风还是照常吹

吹到树上，树叶掉在别的树上不掉了
雨还是照样下，有时隔一夜有时隔一天

太阳不管晴与不晴，只管太阳的事
仿佛蒹葭生在诗经里才是蒹葭和苍苍

在水边只是芦花和秋雪。水在深处流淌
你看见石头冒出来，大块的青苔依旧

喜鹊叫着喜鹊，好像早上喜鹊不叫了
便不再是冬天的早上。世界你说吧

新年在哪里新。那不过是庄稼收了回来
收回来的果实在翻滚，一等又是来年

二〇一五年一月九日

漫长的冬夜

漫长的冬夜，你来接管扑面的星辰
这寂静的时刻，大地的命脉独自闪烁

在生计之外，种植和灌溉给你欢愉
给你惊奇和突然的花朵。在睡眠之外

土壤继续繁殖，不管积雪覆盖积雪
不管瓦砾覆盖荒草。分分秒秒的人啊

在分分秒秒里和你说话，仿佛时间
已经多出来，一颗流星返回星辰之初

无尽的光在黑暗中运行，无有结束
越过梯子的间隙，一棵树听见了风声

一棵树听见远去的鸟鸣。你没想到
漫长的冬夜来了，除了漫长再无别的

二〇一五年一月十三日

唯有此刻

唯有此刻。像一个哑巴在词语中穿行
万物被犁铧翻开。这些细微的尘土

这些生命里的节气必然到来。仿佛萝藦
不懂天高地厚到处飞。在江南开花

在江北结果。这些纠葛不断的时日
这些黄金表面的刻画，如同雨后的天色

就在你念念不忘的地方，菡萏满池
莲蓬空空。这些无边的草木生死相依

这些寂寥的风声透过窗棂，已不是风声
而是远去的枝梢，抖动我们的肩胛

这些雨水的阵阵流淌，这些跋涉和怠倦
大地的赞美者，你唯有此刻荣获喜悦

二〇一五年一月二十四日

暮春

要是小乔木和紫玉兰没有出现怎么办
黑夜租借的星辰已然到期。我看见你

黎明在辽阔的市场上，装卸落叶和杯盏
而水杉在隐去的风声里，梳理红色的羽毛

屋顶的青草无以报答。羊群在山上眺望
石头滚动，河水仿佛匀速的时间突然快了

你的铅笔在敲打一番之后，不指望任何人
不指望的人，在书房里打量落伍的气候

它们吃掉尘土之后，尘土一样吞下寂静
仿佛万物的根芽冒了出来。一滴蜜汁停下

嗡嗡的鸣响，随着春日的转移杳无踪影
雨在昨天不曾过来，日头落在正午的街头

二〇一五年五月

初夏

夏天开始了。草莓长大银杏看不见
你在那里苏醒，叫他们不要那么着急

叫他们在对岸等候节气。等麦子的光芒
对照汉语的天空。等樱桃的红在枝头

渴望唇齿。拔除泥土的春笋干干净净
笋衣解脱也干干净净。你在那里等

云朵呼叫云朵，来一场大雨还是不够
小满的桃子不小了，小满的池塘满满的

而太阳的影子那么短。山上栗树摇晃
山下喜鹊报喜。等我的人一个春天过去

火焰同样无法阻止。紫花地丁叮当响
风铃在风中那么安静，好像不再是风铃

二〇一五年五月十五日

雷电的荒野

树叶像帘幕挂在雨中，雨挂在树上
你的小世界一夜之间就长大了。开花

开广玉兰的花。羊群看不见青草
结果看不见落叶。我的小世界忽闪着

黑夜是另一个襁褓，安生又温暖
窗外的雨声，齐刷刷喜刷刷那么干净

那么不折不扣，仿佛抽屉推到了尽头
在有锁也锁不住的地方，静默了几百年

雷电的荒野，云朵震撼无边的云朵
在万物中奔跑。万物看见你特别美好

广玉兰在高处打量荷塘。你在低处说话
树叶穿过春天，让你避开当下的雨声

二〇一五年五月十七日

寂静是七颗星

这里没有夜晚好像什么。寂静是七颗星
七颗星抱成一团也好。大地和小麦

接近向上的锋芒。你需要正午的睡眠
和一个放心的篮子。桃子继续摇晃

在累的末梢，树叶吹着曲子好像有什么
好像没有。无怨无咎的功课无需签字

你是唯一的读者。火焰抱走秸秆
烟雾告诉时间。这里没有剩下的果壳

水和熟食不会争吵。盐的滚动少了半拍
草木吞没羔羊，你在旁边清点万物

曾经用过的名字一声不响。好像这里
蝴蝶的慢板，在河流的拐弯处悠悠升起

二〇一五年五月十九日

树叶响亮

树叶响亮却看不见灰烬。你看见盲目的人
在盲目的街上奔走。当他们停下的时候

蓝是早上的云，只有一层那么高那么薄
屋檐躲在树丛里烧，梦靥在荒野中烧

黑有了线索。万物当着世人的面有了指引
抓住的把手像鸟一样飞了。没有痕迹

没有刻画。一小片早上的云那么蓝那么高
顾不上我的吃。就像屋檐上长高的艾草

那么的简单那么的。夏天的棍子转起来
一转就是一夏天。猫和肆无忌惮是天生的

事实不说话。事实上没有嘴有也插满了
花枝和谷穗彼此照料，我们继续睡继续吧

二〇一五年六月七日

风声是一片森林的种子

我的命我的血我的分分秒秒，还有你
全是新的，如闪电突然打开的云朵

第一个早晨垂直落下。瓜和酒的种子
黑夜和睡眠紧密的种子，仅仅是一粒米

在荒野的尽头，被火焰的种子颠簸出来
烟的种子笼罩茶的种子。我的人在前

我的水土在后，节气和万物的梗概
筛选萝藦和杠柳的种子。青苔在蔓延

雨是它的种子，不用发芽就可以生长
不用收割就可以结束。天下都看见

我行我素我的人啊，攥着葛藤的种子
而风声是一片森林的种子，你听你听听

二〇一五年六月九日

从我的语言里

从我的语言里你取走属于我的事物
不从我的事物中清点菥蓂、荠和蔓菁

从我的生命的前线埋葬我的童年
不从我的童年呼叫种子和积雪

从我的土地上播撒必将无收的黄金
不从我的黄金上刻画诗篇和今生

从我的悲伤之所点燃高耸的屋顶
不从我的屋顶藐视我的我的泪水

从我茫茫的大海和六月打扫珍珠
不从我的珍珠穿针走线点缀黄昏的袍子

从我命里注定跑出来的一头野兽
不从我的野兽相反的方向看我的荒野

二〇一五年六月二十六日

一场雨打开

一场雨打开，你去茶园的路上
雨的声音你给读出来，那么缓慢

雨是从前的雨，经过很多人之后
早上的雨还在下。水杉的叶子

不是水杉的，而是鸟儿的叶子
在下雨的时候，留给了一棵乔木

雨的花儿落在雨中，看不见踪影
山在半坡上，只有草没有别的

好像雨跟着我们，整整一个夏天
平静到不说话的地步。好像雨

下在图书馆的书上。沙漠尽头的
时间，小闹钟和你听见了水声

二〇一五年六月二十七日

听雷

云从南边来特别猛

云刚碰到雨

发出一阵巨响

已经波及千里以外

而灌木的枝条刹那间断开

时间没有了。果实落到花蕊上

就像羽毛回到空中

显赫而无助

河水可以弯曲

山，可以继续摇晃

我的人啊，可以望着星星

八月的荷塘冒出一枝雪白的莲蓬

窗子也是陡峭的

等雨成为云的时候

核桃开了口子

喜鹊在树顶叫别的鸟别叫了

二〇一五年八月十二日

去年的雨

刚开过花的白玉兰
舒展雨中的叶子
是去年的去处

你走过花园我看见
早春的早上
还有什么会迟来吗

你那里雨连着雨
雨后要很晚以后
西溪的溪边

水杉倒着生长
世界仿佛给了你
不一样的世界

二〇一四年

你在低处的云朵里酝酿花朵

你在低处的云朵里酝酿花朵
秋的黄昏继续燃烧大地的秸秆

星星与星星之间充满了星星
想一想黑夜就是这么来的

如此均匀，几乎看不见靶子
像字的爆破音那样可以听

哪里有歌唱哪里就有哭泣
你知道太阳不是给人类预备的

没有谁真的在意天空和倒塌
松树下的泉水也只等候几个人

不能再少了。羽毛的轻重
忘了一朝一夕的时光横在江上

二〇一五年八月二十二日

这蓝，要像反法西斯一样彻底

这天色本来的颜色

看不见已经很久很久了

在长安街上空

在颐和园的山顶

在数数一样的环路上

已经很久

现在没有房子的人

可以种树

现在还没有种树的人

可以深深挖掘

现在还没有去挖掘的人

可以找饱满的种子

这八月的光景

全靠一片树叶的笼罩

而树叶背面的尘土

不敢落下

露水和雨水那么干净

久违了，亲爱的蓝

不要转瞬又不见了

不要一个吻，而是不断养育

不要偶尔，眺望一下窗子

不要只给我们 个早上的欢喜

不要喊口令一样，然后答应

不要看个热闹似的，说散散了

这蓝，要像反法西斯一样彻底

二〇一五年八月二十三日

秋风起

秋风起。

秋风要做什么呢。

秋风不给我们任何交代吗。

星星背着星星。

星星一下子亮堂了。

星星走弯路没听说有捷径可走。

云在奔跑。

云在树上描画枝条。

云可以看我们猜不透的事情。

千里，万里。

一个人，两个人。

一个月两个人。一个人两个月

海棠低垂。

海棠在时间里嘀嗒。

海棠摆动仿佛数着我们的时光

二〇一五年九月十四日

秋分

今日秋分。之前有个秋天。之后还有一个。

昨晚一场雨，可以猜到一个干净的早晨。

太阳看起来也很亮很刺眼。

太阳什么时候不刺眼呢。

去看了海棠。叶子还是那么绿，那么傻。

果子渐渐红了。还有石榴。

石榴里面更红一些，多子多孙的样子。

石榴真的就是石榴吗。

天有天色。不是什么蓝，不是什么灰。

因为我们有很多喜好，说不清楚。

就像花自己开，结果不是我们的一样。

我们的结果在哪里呢。

葫芦还挂在藤上。

还要等几天阳光才可以结实。

不紧不慢，只是摇晃着。

天还没亮。秋用落叶为我们揭晓。

二〇一五年

秋夜

这黑夜的左边拉出了椅子的位置
这椅子的右边紫茉莉缓缓转动

那么多星星把天空也摊薄了
那么多天空连在一起让星星隔开

仿佛一粒萝藦的种子飞出去
永远不用回来永远开着花仿佛

看世界在于时间一点点吞没
看变化在于它们互相缠绕扯不断

有了光啊你见过光需要落点吗
有了词语可以挖开不知道的事物

满地金黄的落叶铺给了饥饿的人
饥饿的人走在落叶上一声不响

二〇一五年九月二十日

雨的秋天

甚至给了我一场大欢喜
在你看不见边际的时间上
也有了一场雨落在落叶之前

缠绵如此正确如此
仿佛万物走在半路上
找不到我找不到一个人说话

雨落在整齐的雨声里
果实落在不放心的水中
窗户打开听着窗户的动静

明月照样在高处
明月在低处也照样
不关心谁关心了苏轼和婵娟

芭蕉那么响亮
隔着一个黑夜的桂树

传出一阵阵被砍伐的回声

雷在草木间撒手

雷在屋脊上劈开雨滴

提醒了这个季节不断闪烁

可以这样可以那样

也不等我们答应什么

这个雨的秋天就都答应了

二〇一五年九月二十九日

霜降

我用桃树叶写了霜降的诗
用波斯菊写了照耀
用银杏写了黄金和影子

用水写了秋天的安宁
用北风写了柳枝和摇摆
用山楂写了最后撞击的结果

用天空写了细雨
用石头写了大大小小的石头
用屋顶写了飞檐和瓦松

用松针写了光芒
用明月写了一个哈欠
用什么也不用写了到了时候

二〇一五年十月二十四日

一个幸福的人

什么都不管也管不了什么
就是在荒野里走，一个人走
不断翻开灌木和草丛的阅览者

看见一滴水里的太阳
叫树叶充盈，也叫树叶枯干
那么自然那么清澈

你停下来。看成群的鸟儿飞过
乌鸫或者一团团的麻雀
惊动了远处的翅膀

柘的缺口，篱笆的缺口
蚕和茧一起如此圆满
吃掉的那些树叶都变成了衣裳

而羽毛继续生长。羽的烙印
层层布置在落日的石壁上

到底谁啊谁会听见一声声叫喊

到底的东湖西湖
把空洞的藕一节节挖出来
莲花给了莲子，污泥给了污泥

仿佛一条偶然的渠道
运来了活水，天空运来了雨声
寂静为你的作业铺开笔墨

一个幸福的人回来
星星和小豆荚闪烁同时
万物的梗概又如数回到万物中

二〇一五年十一月五日

最初的雪

最初的雪谁也没准备
齐刷刷下来
在金黄的银杏树上显摆
树叶做不到

它们东一片坠落
西一片依旧
好像要等一等
看这一场大雪的究竟

雪压在雪上
呼吸更匀称声音更轻了
黄金的树叶
落在水上有一万条船

划过来

玉兰的叶子蜡梅的叶子

美洲海棠的叶子

什么和什么的叶子

最后是一场雨齐刷刷没了

二〇一五年十一月六日

紫竹院

紫竹院隔着紫竹院，我看不到
要走那么久，从南门到北门

从上到下，仿佛真有什么东西
等我来。一只狸猫在槐树上奔跑

鹅绒藤在槐树上，多么寂静
湖上辽阔的冰，把图书馆倒过来

一个苍白的影子，不知深浅
深浅却知道，天空在哪里装卸

天空了才是天空。万物的萌芽
蒙在积雪中，笋的衣裳依旧单薄

腊梅笔直的新枝结满金色的蕾
看不到，即使花开了也都看不到

二〇一五年十二月十二日

窗外

窗外没有其他东西除了窗外
书房里同样是。和你在一起的

打我身边流走的时间，痕迹
全无。仿佛我还没有来过

这个世界。没来过该有多好
一只蜡嘴雀衔一粒细小的种子

飞过了树顶。你不知落在何处
落在何处都一样。都一样的

窗外，白塔寺的那边熙熙攘攘
而寂静的枝梢仿佛不是枝梢

如果风在吹，吹到一片落叶上
凑巧看见我也不能说明什么

二〇一五年十二月十三日

万物正当其时

万物正当其时：分分秒秒分，生生死死生。

唯有写作可以叫我看见世界的纹理。

一片树叶盖住一棵树的时光。

风在旁边。医院和杂货铺也在旁边。

一碗小米粥。我可以看见屋檐上的狗尾草。

蒹葭在浅水中才有清澈的叶子。

苍苍跟蒹葭的颜色关系不大。

新芽和抽穗的蒹葭。

春天冒出来的蒹葭，既不是为春天也不是为了蒹葭。

做没用的事，用不再回来的时光。

这安静的夜给了安静和另外一扇晃动的门。

二〇一五年

节令独自行事

节令独自行事。傍晚的雪
吐露天气和大地的根芽

词语的推背图也渐渐清晰
这个世界无缘无故的人多了

拿一块树皮和鲁班爷打赌
凤凰的虫子梧桐的小鸟

叫什么都对叫什么都不对
风一阵阵吹，星星一阵阵亮

入冬的木柴堆在南墙后面
石头跑动。而滑入深渊的人

真以为自己已经腾空而起
太阳在低处依旧照耀了山顶

二〇一五年十二月五日

钉子钉在了钉子上

钉子钉在了钉子上
而不是钉子钉在木板上

如此牢靠的小板凳
手艺给了石头还不够

石头给了更深的大海
周遭一片荒芜

灌木的弓箭手充满渴望
落日按照自己的身影

梳理天空和羽毛
风在萝藦的下面疾走

大地的力气在消退

神的降临左右了黑夜

你的星星不光是星星

你捧起的盐粒那么雪亮

二〇一五年十二月十五日

麦田上的雪

世界的嘴，动了动不动了
仿佛呼吸是一只急促的筛子
在世间逗留的人啊

不在意冬至和数九的梅花
洗刷栾树的雨已经藏匿
节令的道路大张旗鼓

北风在吹奏中哀号不止
那些练习死亡的生者
终于得救。周遭溅起的水滴

让太阳好像陷阱一样裸露
黑白都不认逻辑的账
也不认五年级的账

上帝站在翻滚的落叶上目睹了

大地的播种，屋檐的晾晒

麦田上的雪找不到足迹

二〇一五年十二月十六日

汉语

汉语有一个大胃口。可以吃下
火山和蚂蚁，它饥饿的时候

发疯似的，吃下破碎的牙齿
吃下无法吃的沉默。收获之后

稻田无边的寂静，也给吃了
马的长啸，雨水和抽穗的蒹葭

统统吃了个光。诗经和鱼虫
思想不羁的芦苇，被无情打断

黑夜的黑，面包屑一样洒落
谷壳在风中飘扬。漏掉的种子

吃着泥土吃着太阳，而大地上

吐露二月的根芽。汉语咬住

汉语的尾巴，已经转了几千年

从甲骨文到零零散散的石头

二〇一五年十二月十七日

蒹葭金黄的时候

蒹葭金黄的时候，你梦见萝藦
而萝藦飞起的那一刻，我顾不上

再说什么。秋天的格局已经注定
好似一片槭树的叶子有了出入

还是槭树的样子。在经文里藏匿
慢慢褪色。忘了植物学的注释

雪线的上升，龙胆和报春的差距
太远了。几乎从山顶到山脚

如果继续走下去，星辰更加响亮
烟云和鸟在低处飞谁也惹不起

仿佛庙宇的飞檐画出天空的一角
望尘莫及的一角，你正好碰到

二〇一五年十二月二十日

冬至

这白昼最短的一天，写一首诗
就更短了。词语在黝黑的树上航行

鸳鸯和鸳鸯扑腾，不关心日历
不关心单双号。北方的雪

有的来了有的没来。数九开始
数人类的冷，数八十一天还不够

路上的行人愁眉苦脸。年底了
我们欠了他们的帐，还没有还吧

要命的是，我们也欠了自己的账
睡眠因咳嗽一再提醒我们的肺

呼吸那么自然的事居然不自然了
此刻写一首诗给冬至，有什么用吗

二〇一五年十二月二十二日

小寒

小寒的小女儿，豹子一样绽开的蕾
像火焰洗刷了湖水。时间的软糖低垂

太阳在远离积雪的地方，打扫积雪
大地依稀的梗概依旧讲述农业的成长

一片麦田的起伏，吞掉两亩地的闲暇
无言的马，天空被挪走的千万云朵

千万不要忘记。缺了一个角的箱子
发出一阵内部的反响。冬天更彻底了

照耀星辰的光芒也照耀失眠和昙花
青檀已经老去，附近的根据完全暴露

繁荣的枝干开始动摇。词语在战斗
种子死了便生下好多种子，无有结束

二〇一六年一月一日

腊月初八

这一刻，历法的内部依旧严格而明亮
腊月的粥，都在一口锅里熬到来年

五谷丰登，四季运送人类的食粮
愿你在村东头望见水井和一群牛羊

裸树的枝条那么高，风够不到它们
你穿行的麦田朝着一个方向伸展

雪在山顶燃烧。不断冒烟的村子
石头和木头的村子，在时光里航行

过冬的河流那么寂静。你甚至听见
呼吸在远处给世界一个开始。给开始

一粒透明的无患子。那黄金的末梢
抽打空空的天空，你和星星才可以看

二〇一六年一月十八日

卷七

雨的种子（二十八首）

雨水就是我们的种子，词语和蛇的种子

向下生长一直向下，乔木和大地有了着落

——题记

天边的人

火车的车轮那么快仿佛早已停顿
我的人看着窗外那么寂静，那么黑

那么不近人事。狂风吹破了云朵
万物长出了指甲。我的小板凳

还是四条腿。我的梯子搬到屋顶上
依旧看不见星星。谁在高处摇晃

谁就知道我们的脆弱像去年的新芽
焯菜忘了下雨，瓦松忘了开花

你记住我的生辰八字，来龙和去脉
一片桃花心木的风声汹涌如大海

羊群在半空奔跑，明月举目无亲
天边的人啊你快来你在天边做什么

二〇一六年一月十九日

天空被雪铲走之后

天空被雪铲走之后，橡胶林咬住了
晾衣绳和手套。我对你说的一切

天空都听说了，而且不多不少
雪在喘息。小小玉兰的蕾在脱落

这个冬夜照耀了群山。一万个窗户
没打开就飞了。一句话止住了

刀子和火星。我的人千里万里
凡你经过之处，大海也必然经过

明月浩荡。西溪和芭蕉一起
断桥和无患子一起。你和雪一起

蜘蛛的脚还在夏季里，收不回来
遥远的亚龙湾，你听见你就早答应

二〇一六年一月二十四日

漫游者

词语茫茫在深夜航行。不断的岛屿
突出大海，而你的爱突出一个人

在万物必死的季节，发现天空的白
如幽灵聚集的火焰烧毁了魔术师

仿佛街头找到乞丐，早餐找到小麦
寂静在找到撞击之后变成了沙子

石头和盐不容分辨。那些透明的
那些不透明的，都在一起生长

一轮明月，努力把潮水推向岸边
穹顶之下你暴露的乳房压倒了一切

我的人啊，道路波折夺走了道路
漫游者，在梦中醒来依旧是梦中人

二〇一六年一月二十四日

大海最初的衣裳

大海最初的衣裳，像透明的羽毛
梳洗你的发梢。树叶一样绿的大海

淹没青橙和乳房。仿佛梦中的婴儿
吃着短暂的睡眠和无来由的哭泣

星星那么近好像不说什么都听见
在一棵树的后面。开花的窗子紧闭

开花的篱笆一阵跃动。我的人啊
千里万里，爱的敌人阵容如此强大

像疯人院不断敲击的门通向麦田
大地的沟坎，长满了山莴苣和豆荚

雪山的雪日夜流淌。雪山的山谷
从时间里隐去又总是裸露在大海边

二〇一六年一月十九日

夜曲

大海的小女儿，还有小女儿的大海
还有蓝黑的夜色啊，还有发亮的还有

星辰转动的表盘，还有过时的曲子
你听过还想听。还有过时的花儿

回来了随着春天的风声。还有你
还有雪的滴答，告诉他们都在梦里

屋檐错落的滴答，还有前后的
两只手，敲打我心脏附近的骨头

无有任何动静。还有马的眼睛
给怎样的悲伤掩藏起来。还有爱

橘树黄金的果实，在冬天显得太重了
还有一个人在街上哭泣，因为还有

二〇一六年一月二十五日

黑夜莽撞

这是我答应的。星星和萝摩的二月
山茶打开一座山。西湖接走一场大雪

明月不明白的事，叫影子讲述缘由
影子早知道，为什么无患子摇晃不停

船在湖上过冬，水在树上结果
透彻的人已经抵达。你给我一个世界

给世界一粒沙子，给沙子一阵大风
我给你的，是一本页码乱跳的书

命里有的都会有，少不了任何细节
蝴蝶分分秒秒，太绚丽了不会活太久

因为太孤单，轻捷的翅膀铺天盖地
黑夜莽撞，你却看见巨兽移动的踪迹

二〇一六年一月二十五日

欢愉之歌

不朽的欢愉之歌在冬夜，低声吟唱
积雪吃掉的时日，种下苘麻和曼陀罗

你甚至种下啄木鸟和钉子。漆黑的船
在码头等我们醒来。琥珀里的草籽

如星星闪烁。那些春天的萌芽
在同一块镜子里，找到石斛和苔藓

你在那儿眺望。万物总是各有其妙
所谓风景，无非是下去的人上去的人

突然没有了。在黄昏完全接纳之前
大海用它折旧的石头，换来一片安宁

像一层薄雾笼罩你。山在远处是山
你在近处看，是豆荚和零星开花的树

二〇一六年一月二十六日

稍等便是拂晓

风吹草木已经不动。凡动过心的人
才可能知道，白雪流淌黑夜嚎啕

恰到好处数九数着。要说最冷
数明月修剪树梢的那一刻。仿佛

给了好像。一场大雪给了屋顶
花猫和叫声，隔着春天汹涌的火焰

没有花朵和云朵，只有灰烬的灰
在涂鸦的墙上那么庄重。只有我来

做最后的打算。星星夺走了天空
积雪给大地层层设防，老虎的行进

震撼了山谷。风吹草木何曾不动
白雪如毛黑夜透亮，稍等便是拂晓

二〇一六年一月二十七日

花儿与小乔

我在荒野找。在报春和苔藓密集的
浅草里找。在我想你在的那边找

在石头驮着城堡飞行的地方，找
一个而不是两个一起找。积雪跟着

拖了积雪的后退。巨兽的足迹
也在找，你我的去向你我的来历

流水早被搁置。天空就在倒影里找
死活一个找。等花朵生出了花儿

结果到来年找你。找来的梯子
找不来的剪刀。听虚无的咔嚓声

要找的人不在寻常处。要找的人
正在找，而你行迹全无又花枝妖娆

二〇一六年一月二十八日

在竹林那会儿

在竹林那会儿你的小椅子靠在毛竹上
也发了新芽。好像更高的狗尾草

已经插到风中，为了风到此为止
春天的笋衣层层叠叠，仿佛一阵雨

落在竹叶上，就是答应了万物和刍狗
你在阳光和记忆的空隙中，跑出来

虫子叫虫子长出翅膀。乌鸫叫乌鸫
飞进大地的尽头，像草籽和枝梢

捆扎在一起。一棵夹竹桃一棵樟树
在路边交替往复。你挑选沿阶草

而百合花一直开到窗前，还那么小
粉蝶在青菜上，像一片寂静在竹林里

二〇一四年一月三十日

那一年只有二月

那一年只有二月。二月不寻常的种子
在雨水之前落入雨中。大地的运行

就是两片合在一起的树叶，在风中
芄兰的藤，牵动了黄杨木密集的枝梢

仿佛词语的裂口，等一个人随意说出
随意的二月，怎么可能被历法确认

怎么可能，千里万里的云朵突然停下
在萝蘼开始播种的季节。千里万里

只有你和二月伸出手来止住了哭泣
在风中，只有无患子和椿树不远不近

等你回来。世界在歧路上走了很远
好像没有歧路，我和你就碰不到一起

二〇一六年一月三十日

雪是不能碰的

雪是不能碰的。就像山桃花开之后
树下不可以打扫。雪在词的后面

跟不上你。大声说话的人忘了
危险来自哪里。在低矮的屋檐下

雪的领子竖起来。这人间的冷
与气候无关。太阳不过是一层纸

刚刚切开。橘子在滚动的时候出汗
冬笋供出藏匿的地点。雪的呼吸

如同萝藦从绷紧的缝合线上轻轻飞出
不早不晚。一只在万物中接洽的猫

给你带来最新的好消息。仿佛雪
仅仅落在岸上，滑入江水的都是树叶

二〇一六年一月三十日

雪的咏叹调

你也听见，雪落在雪上的声音那么轻
那么白，如巴赫的弱音在颤抖之后

停在孤单的弦上。黑夜由此嘹亮
甚至听见山泉滴淌，仿佛已不是流水

万物沿着来处回到来处。雪的梯子
靠在雪的树上，而我们被时间用过了

好像一匹马咀嚼着梦中的池塘和青草
我的人早在早春里等候，依旧蒹葭

依旧杨柳。风吹着屋顶分开的积雪
枯萎的雪在瓦菲上复活。风吹着

琴瑟在孤单的弦上和鸣已经不是风
不是雪，而是我的人听什么便是什么

二〇一六年一月三十一日

琥珀

老虎在大雪中的停住。大海的脚踝
暴露出来。太阳从无尽的黑夜里上升

桦树和冷杉都是对的。你也一样
万物的守望者，目睹枝干爆裂如种子

不断打开，被风声浩渺的荒野所掩盖
积雪吹送大地的沟坎。我的人啊

比呼吸还紧张，比疼痛还要命
涛声传遍了峡谷，山岗送走了黄昏

流淌的雪，挖出一条不偏不倚的道路
仿佛生命的两边都一样辽阔。你看

明月在屋顶上走动，你听相爱的人
在命里交谈，这世界的泪滴都是琥珀

二〇一六年一月三十一日

我给你无用而美好的诗篇

冬日，就是窗外高高在上的一株水杉
乌鸫叫来另一只乌鸫，最近的一阵叫声

刚下来的雪，惊动了远方的无患子
人是山人是海都去了。大街是一条河

胡同里是枣树和枣树。看天空在那里
看云画我们画不出来的好景象。看

一个人老了不言语，好像废墟里的荒草
直接说，永恒之物也一样漏洞百出

积雪要树梢打扫，日期要流水喂养
窗台上薄薄的尘土，等小鸟过来写字

我等你和春天一起回。土豆要发芽
火星要刮风，我给你无用而美好的诗篇

二〇一六年二月一日

二月

二月是长笛和人声一起缭绕，是萝藦
飞来的时辰透过篱笆。是躲在墙根儿的

布满黑色细小颗粒的残雪。是我的手指
从手套里暴露出来，却什么也抓不住

仿佛萌动的接骨木，伸开弯曲的枝条
早开堇菜发出一丝尖叫。我的二月

在码头上俯瞰封冻的河流。黄昏的反光
铲走最后一层落叶。猫在屋檐的奔走

鹅绒藤和萝藦分不开的种子，等你回来
风吹送二月，就像枝梢和呜咽混淆着

而泪水在黑夜里继续灌溉。我们的心啊
灵啊为什么不可摧毁，直到此时此刻

二〇一六年二月二日

我赞美

我赞美这片寂静的时刻，仿佛一张金纸
从两面呼吸。甚至目睹了大地肋骨的悸动

我赞美冬天路旁的裸树，漆黑的枝桠
仿佛打扫了天空，再来清点嘹亮的星辰

我赞美雪的凳子和敞开的门户。我赞美
曾经失手的琉璃，就像琉璃赞美屋檐

屋檐彻夜锯着风中的树冠。我赞美你
丝渐渐淹没了绸，夜晚无有关联的响声，

我赞美雪的后身和脚踝。还有你的镯子
在碰撞之后，仿佛找不到任何碰撞的痕迹

我赞美万物的秩序。我赞美因为骄傲
而不敢拥抱大海的人，如今却听我赞美

二〇一六年二月二日

此刻也桃花

此刻也桃花。笑春风更笑杨柳飞絮的桃花
太骄傲了。好像不用什么灼灼什么夭夭

一样是草木的冠冕。三月里只有你来
二月的云朵在树顶上航行。谁听见了动静

皴裂的枝干蜕变。雨水和池塘收下羽毛
去年的芄兰，在竹林里依旧四下寻觅

藤上的新芽。到处是扛梯子的人到处是
覆盆子和山楂看上去远，其实最近的一家

最近的台阶和门口。你藏匿在万花丛中
只有风声在风声里走。不早不晚是真的吗

早晚是我的人还不知道。是谁还不知道
结果的是一个词，而不结果的是一片海棠

二〇一六年二月四日

立春

槐树剧烈的树冠，仿佛帝国在黄昏里摇曳
立春之时，喜鹊环绕屋顶却看不出任何痕迹

预言者已经隐去。我喊着芃兰而萝蘼飞来
二月不给我们说法。二月让我独自领受

你的威仪和莫测。大风送走了寒气和歌唱
大风在半山上搜罗种子和证据。板凳在竹下

蛇在洞里。那么辽阔的芦蕉在水边年年开花
年年这个时候，胡同里剩下胡同和自行车

长夜比长夜还长。早上结冰的路多么平坦
我在你的声音里喊你，还在没遮拦的湖上喊

星辰奔涌好似灯火铺盖人间，一个人一个
一个个人看不见你看万物的景象，往何处去

二〇一六年二月四日

紫花地丁

我深知那个深渊落在何处。那么小的野花
那么小的尤物，给我带来了盛大的春天

仿佛四月的节令已经传布。雨水的的滴答
回应着云朵和乔木。我深知石头的缝隙

需要长出石头的时间，就像一株紫花地丁
凭空而来，你给了世界最本真的面貌

青草和废墟毫无遮盖。滚动的雷不是太大了
而是一不小心，让一个满怀疑虑的人回头

那么近，不过是举手之劳，挡开一个疯子
就像万物曾经的种子，仅仅为了此刻的绽放

杨柳收起的鬃毛又一次甩开。又一次的
大地像浮萍一样孕育，又一次星辰一样密布

二〇一六年二月五日

安生的夜仿佛没有尽头

安生的夜仿佛没有尽头。我说仿佛并没有
减轻任何分量。你看漆黑的窗子算什么

银色的门把手算什么。土豆在火星上烤
羔羊等候降生。词语在池塘周遭生出新芽

还来不及说好好的好。我的神明我的赞美
信不信也只有一个。湖上的冰开始敲打

你回应了就是芄兰。擦着屋檐的喜鹊
叫别的鸟别叫了。四季撩起的风声那么远

阅读和寂静占了大半个书桌，比整个房间
还多出几个棱角。你言语无患子就播种

你唱云朵提水就来。这个春天都听你的
天色和积雪无需对照，尤其在早春的早上

二〇一六年二月七日

拜年

旧年给辞了我给新年拜年。新年刮大风
我给窗外的桃树拜年。桃树等开花等你来

给我的春天拜年。那么多青草没人管过
却养育了肥沃的土地。我给土地拜年最多

拜年都跪在土地上。我给北方的麦田拜年
给土豆给辣椒给勺子拜年，然后溪水流淌

给我的冬笋拜年直到竹林七贤个个笑了
给我的魏晋拜年，在风骨上生出大好河山

我给羽毛干净的乌鸫，给乌鸫不吃的虫子
给虫子透明的卵，给树叶的绒毛，一一拜过

最后是我给你拜年，萝藦都看见我哆嗦
大拜二拜之后，我拜倒在一粒种子的上面

二〇一六年二月八日（大年初一）

除夕夜

我总担心出什么乱子。现在好了我不担心
这样的夜晚就是放放烟花。好在树上有星星

星星有明有暗。似乎不必看轻也不必看重
旧岁不辞新年不到。他们需要一个台阶下来

我想的是春天早一天是一天。我想的是
在南方晒太阳，而太阳晒着沟沟坎坎的青草

晒我们晒过的食粮。词语的蒹葭和根芽
不空泛也不脆弱。要是你在水边经常走着

泥巴和虫子会出来找我们，仿佛有了委屈
那与生俱来的，有时窄门难过有时万事大吉

把椅子搬来搬去的人，任何时候如坐针毡
相信的人有福了，生命某一刻的名字叫除夕

二〇一六年二月八日

走亲戚

亲戚们都在街上走。而我的亲戚们太远了
现在只能想一想。等天气好了我说去看他们

天气不好他们来找我，无非是雨啊雪啊风的
有一棵皂荚庙里等，有两棵古槐门口守着

还有零散的灌木在郊外。我常常念叨的苦菜
因为念叨而灿烂。马齿苋喜欢在路边开花

马唐原来叫马糖多好的名字啊，就是不听
木香在红楼做梦，茜和木槿仍在诗经里读书

缠枝莲和西番莲把我们绕住了，其实这丫头
在篱笆上避开篱笆。探春和三姐胜似玫瑰

刺是少不了的。若果玫瑰无刺桃李早满天下
这些道听途说的事，我的亲戚们可以不信

二〇一六年二月九日

早春的晚上

青草一定梦见池塘。而你梦见雨水和泥螺
二月喊三月。三月喊四月快来吧要不太迟了

要不苔藓会枯萎，正月的腊梅甚至不再摇晃
要不一个人没有来历，仿佛萝藦只是飞着

天空的蓝徒有其表，天空的空反倒真切
我想着去年和前年的此时，蚌壳紧闭如唇

世界的生产被大海一遍一遍掩盖。齐腰的浪
落在脚踝上，你看见滚动的骰子吐露天意

每读一回星星都少一颗，新月就亮一阵
朽木的的倒塌，不是连根拔起而是根本没有

初一望着十五，我用来打发时间的词语
已经塑造成形，太早或者太晚你我看不见

二〇一六年二月九日

太阳在桃林的上空

太阳在桃林的上空，奋力砍下一大片金光
金光斜着过来噼里啪啦，万物开天辟地

那时没有太阳后来才有你，有了黑夜和阵仗
是后来才知道的一切，果实暴露了蜜汁

你暴露了时间。春天满树的蕾抓住不放
枝干妖娆，小女儿飞天一样飞芄兰一样绕

春天一样扑面。桃李争的并非任何人可以争
任何人在桃李的天下，早已是落花流水了

流水运送落花的时候，三月驻足四月回首
而此刻的荒野，杨柳细喊依依蒹葭尖叫苍苍

又一次太阳从西边斜过来。仿佛冬日苏醒
在高山的树影里奔跑，如你吹着风云裹着雨

二〇一六年二月十日

写一首雨水的诗

写一首雨水的诗，即便阳光灿烂春风不起
节气依旧在那里等你来。等你正月月圆

天怎么蓝天也就怎么灰。北风在张家口
雪在山坳里。你在江南之南仿佛坐着轿子

雨的脚停在一阵一阵的树下，走得很慢
好像泉在石上茶在花间，连绵的青苔不经意

却挤到缝隙和屋檐上。好像冬天不曾造访
苦楝的院子无患子的邻里。梅花和蔷薇

在一条街上可是谁也没有看谁。熟视和无睹
也是一对表姐妹，甚至在外婆家一起长大

忘记了从哪里冒出来。薜荔挂满了墙头
你去看看果子还在不在，等雨水下来的时候

二〇一六年二月十日

雨的种子

雨水就是我们的种子，词语和蛇的种子
向下生长一直向下，乔木和大地有了着落

有了隆重的云朵，为的是把天空给空出来
种子可以飞芄兰可以绕。星辰可以照耀

黑夜的航行，树叶的船在树上等风吹
太阳可以升起，接送青草和堇菜的种子

你在荒野和大道的中央，等气候不等天气
等万物转折不等万物等你。等万物吩咐

雨水流淌玫瑰发芽，雨水流淌玫瑰开花
在时间的前后，就在我们的屋檐前后滴答

雨的种子串起雨的帘幕，你过去都看过
到处雨的种子，才有了往年和来年的萝藦

二〇一六年二月十一日

卷八

记忆之城（三十六首）

我在门后的铃铛上又挂了一只铃铛

——题记

记忆之城

一

一座遥远的城我不愿提起
街上我不喜欢的人走着
我只是不喜欢，没有别的
当然，他们也不喜欢我

自由而且平等。这样也好
树木开花，我不认识
花儿结果我认识管什么用
众多的鸟在屋檐上叫着

叫不上名字。真让人羡慕
早知道说明不了任何事
天气说变就变了，不等人
时间在马上跑过去了

我不愿提起。无缘无故的

好像卖烤红薯的遇到一场火
到最后忘了到底谁欠谁
记忆亦如是，缺少一点盐

二

顺序已经颠倒。角落里
亮着灯。那些我不喜欢的人
喜欢夜路和挖掘。陈旧的
破败的，涂鸦如此生动

仿佛一堵墙自己摇摇欲坠
怪不得虎尾草。积雪和落日
在一千年前在一千年后
不分早晚。尘土的力量足够

爱的力量看上去薄弱
不要比较。智者的降临

没有任何响动。说来就来
说不来还是一样跟在我们后面

指点河山。遗忘的水流淌
好像不丢些东西就走不出去
包袱太重。我想起棉花的种植
一年连开两次，时隔不久

三

有时候在一起，有时候不在
这里和那里的隔阂如城墙
大门朝南，三月朝北
河流横穿东西。自古以来

疯狂作主。疯狂给一个人的
分数，超过了白昼射出的箭镞
雷声滚过远处的屋檐

玉的中心尽管坚实不可当真

上帝在低处巡视万物的根由
草木的荒野，草木的来年
给了雨水顺便给了沙漠
给了一个喜悦追加一个悲伤

像植物园一样偏僻的郊区
挖不出的湖，挖出来的荸荠
王莲称王，王莲毫不知情
大地上的种种，每每不觉新鲜

四

等候总是劝你，别再等了
等候让人成群结队，忘了究竟
等候在半路上，等不下去
等候在末尾，谁又是第一个

等候我们的人。偏偏不知道
时间生出来的并非时间的女儿
仿佛一场野合，在光芒的夹缝里
骤然降临。雨和雪同时搅拌

同时在一个地方，左等右等
看着和看不着，只隔着一层灰
像天空挡住天空没挡住大风
星星挡住星星，无法推测

道路从中间分开。分开的那一刻
道路停滞了，火车继续滑行
车站继续摇晃。等候的人
拍打虚幻的窗子，终于到了

五

绳索连接起来了，还是不够用
记忆从梦里如数返回，不多不少
田埂暴露。雪的伸缩惊动我们
被夺走的大地的精华，无有声息

一块石头滚动，如此莽撞
一只蝴蝶融化，虫子开始奔跑
一头驴在驮着草料，却死于草料
一棵树独自歌唱，却不能保证快乐

词语驾到，冬夜齐声万岁
万物的后花园敞开一片寂静
明澈的树叶，烧红的树叶
积雪层层把关，繁星带来繁华

在我们的世界里，流水传送昼夜

大风光临寒舍。在世界之外
天天异想天开的人，坐在屋檐上
念念不忘的人仿佛认出了仿佛

六

春天已经发芽。树木开始认领
往年丢下的叶子。枯井冒烟
大地的绳索像阡陌，不偏不倚
全世界都看见了，是个笑话

唯独你看不见，这才是个大笑话
万物没有任何图谋。万物数着
时日和寿命。不知道的人不知道
知道的人如此谦卑。蚂蚁成群

道路深远。雨水一直在前面奔跑
忘记了来龙去脉。大门在吹风

二门在张望。屋脊上的椿树
比椿树高出一间铁皮屋顶的房子

那里的春天不言语。那里的言语
挥金如土。那里的那里呼叫着
一块石头张嘴了，一块石头
在半空游走，听不见任何脚步

七

这是广场。可以淹没人的广场
同样可以把灌木和口号一并修剪
农业在不远的地方。柏拉图也不远
春天的风吹着冬天的树叶，吹着

自行车和煤气罐。那么近的轮子
不会那么远。煤气罐和六层楼
天天向上的人啊，看见太阳落下

星斗转移。一条胡同走到黑

一条胡同走到黎明。一条胡同
不同的人都走到一起。不同的人
在一起，让世界有了渭水有了泾水
时光清澈见底。沙和生硬的骨头

见到前世和旧账。说了一百遍
扁担长扁担短。葫芦装满种子
装满以后的葫芦。什么弱水三千
什么一瓢饮，是一回事就一起回吧

八

不是没有拍打。不是没有门槛
鼓楼的四周一片寂静。鼓楼的高
几乎挡住鸽子飞远的哨声。我说几乎
没有说彻底。我不喜欢的人

载歌载舞，仿佛每天是一场庆祝
每天都是丰收。喜欢热闹的人
在一起。不喜欢热闹的人不在一起
零零散散，谁也没有找谁的意思

而音乐突然放大了整个早晨的凄凉
麻雀们飞了。麻雀们不知道飞了
好像在音乐的后台，只有装扮
没有演出。魔术师在街头只有手艺

却任何没有传授。犹如风吹竹林
不过风吹竹林而已。载歌载舞的人
留下叹息和碎屑。邮递员来了
发芽的椿树，对着空无一物的天空

九

我好像记得，过了几座门几座桥
忘了最重要的，比如土豆发芽
比如，缓慢的接骨木和早春搭讪
水边青草斤斤计较，不合规矩

农历依旧是好的。尽管时日含混
但语言之内，事物的棱角分明
六畜兴旺，却叫人疑惑不解
泥土好胜的一面，点燃了鱼池

和枯干的庄稼。我依旧相信祈祷
灶王和菩萨在一个院子里转悠
生死的掌灯人看玉兰花开
下雪不看时候，刮风也不看

我不喜欢的人都在一起多好啊

队伍纯洁，仿佛一场大雪前前后后
八百条胡同走八百年走不动了
芭蕉和枣树在一起，还没有消息

十

青草都肥了。我看见痴心不改的人
眼里是沙子的人，结为秦晋之好
语言的舌头被沙漠吞噬。种子
被大风挂到树上。我看见欢呼的人

为了欢呼编织箩筐。为了打水
窃窃私语。仿佛到达了宇宙的中心
火车与焰火停在一起，就是永恒
铭文的刀子，宰杀羔羊

春天作威作福。从前的地主已死
富农们找到了真理却丢了性命

资本家的老婆孩子，让资本给害了
只有犄角旮旯的棍子，一直活着

不枯不烂，好像一年四季开花
特别红特别好。喜剧和演员同在
悲剧和人间同在。来了挡不住
愚蠢的事情要发生，谁也挡不住

十一

落到半空是雪，落到地上是雨
在雪和雨交界的地方，有条横线
一边不是灯笼，一边还是节日
想起早年的四月，灌木阴影重重

仿佛一个人读书读出来的样子
茶花和茶在山上，瓜葛不断
雪和雨如龙凤胎给了我们惊喜

不给万物打扮。而春天总是来迟

看梅树横生枝节，有人无功而返
有人百折不挠。一堆成语故事
在饭后嚼着，励志啊奋发啊
冬天该做的都做了。冷不防的人

在冰上写字。挡住的一定是雪
挡不住的才是雨。自然而然
像梦中的田埂，长出翅膀
孩子们在奔跑中升起，忘了回来

十二

况且死的不是自己。从事回忆的人
是一粒炸开了的种子，魂飞魄散
仿佛雨的大地，给了灌溉给了沟壑
收获则是另外的酬劳。四周河水荡漾

城门和落日哐哐响着几乎无法分辨
一朝一夕还是千秋万代。金子的屋脊
砖的走廊和墓穴，让时间没有缝隙
没有缝隙等于没有渗漏和延伸

接骨木冒犯了接骨木。就像外科医生
在铁匠那里，学到了火候和节奏
我只是看见天空堵着嘴，说不出话来
而可以说话的人，只是咬着叫着

仿佛长了最漂亮的膝盖，足以傲人
二月已经消隐，门后无处躲藏
滚动的橘子从哪里来又回到哪里去
所有发生的事情都蒙在鼓里一声不响

二〇一五年二月二十八日

诞生

上帝的女儿还有你的女儿
一起带到翱翔的云朵中

风吹送着她们
像蔷薇摇晃着细雨

一对没有言语的姐妹
那时候相信多么美好啊

白色的翅膀收起来
白色的雪盖着白色的白

春天沉浸在极乐里
仿佛死亡揭开了面具

人类的灵与肉在播种
世界似乎一次诞生

二〇一四年二月

云

一片柔软的云最后是水的透亮
一片锋利的云，叫天旋叫地转

我知道风在海上停顿像一阵雨
在椿树下歇息。我知道是没用的

正月。只有哭泣的女人在山顶
教训老虎和和狐狸。正月的枝丫

抽打灰烬与果实。这痛也不痛了
这痛，也是痛快的淋漓的痛啊

要记住立春的早上，石头一片混乱
火的屋檐是一架向上的梯子

摇摆不定。仿佛生命的最后关口
高处有什么，低处也一定会有什么

二〇一四年二月

叶子在风中不动

叶子在风中不动。万物青青
萝藦灼灼，时光突然回到开始

回到宁静的窗外。在风中
树的影子动了动我才看见你

三叶草看见三叶草的四片叶子
花钵一阵摇晃，又一阵停顿

在风中看见你，人间是人间了
看谷雨和小地黄在风中隐去

二〇一四年五月一日

瑜伽来了

瑜伽来了，小女儿来了
太阳跟着照看大地和秧苗

溪水和草木在无人处生长
仿佛万物都忘记的时候

茶树在树尖上是茶
打碗花打开着才是打碗花

厨房和往年的雨声多么安宁
天空甚至抹平飞机的轰鸣

二〇一四年五月二日

雨砸在刚开展的树叶上

雨砸在刚开展的树叶上，其实很小
杏子毛绒绒的，好像阳光还不够

你一个人穿过灌木丛，举着小萝
火车过了大桥，好像早春到了晚春

山茱萸的山一片金黄。三月后面
不是四月而是沉寂。田地恍惚

好像季节的末梢，抽打苦菜和冬青
不是肩膀痛，而是肩膀担负着痛

直到天空左右不分，左右也是你
喜悦和悲伤用来沐浴，夜用来妄想

好像爱在深处发芽，在浮浅处
只有罗列的屋檐，只有一片落花

二〇一四年五月三日

总有一天

上帝关照天下你会知道总有一天
这样抱着不说话只顾亲吻总有一天

寂静在稻田中省略呼吸总有一天
小萝慢慢长出透绿的翅膀总有一天

大海摇曳伸向海棠的枝条总有一天
时光缓缓切开盐和牡蛎总有一天

野莴苣明亮的种子降临总有一天
坡地上的食粮倒满了口袋总有一天

茶花和桂花联手春秋总有一天
幸福的人忘记了怎么回来总有一天

看风吹着云朵看世界吹着风总有一天
芄兰缠绵的藤蔓有了结果总有一天

二〇一四年五月四日

黑夜掺杂在雨声里

黑夜掺杂在雨声里。你好像一个人
对着另一个自己发呆。而说话的

都是哑巴的后裔。那时溪水停顿
玉米在高处拔出响动。檫树也摇晃

夏季的落脚处，野草高低不平
一些是青蒿，一些是青蒿的邻居

你不认识，因为它们无需交代来历
石头碰到木头不必寒暄，是自然

而然的事情。就像一个冬日的萝藦
打开包裹才可以寄托种子和生命

最晚的春天也到了。四月跟紫藤
争执不下，好容易等来了一个哑巴

二〇一四年五月六日

书房里的小萝

我看着你，任凭云朵和铁路的摇晃
继续飞，继续播种继续在早晨里

抢夺我的时间。仿佛西溪的水涨满了
不够用，公里和光的年份也不够用

我吻你的唇，即使呼吸放置在后面
冰雪缓缓流淌在山下，石头发出尖叫

书籍和阻挡不了的激情，依旧翻动
萝藦的白色火焰，点燃了冬天和三月

你想起芦花和蒹葭，想起随了风的
万千的种子，会在小乔木的枝梢缠绕

忘记了莼菜，甚至莼菜忘记了浮现

只有萝藦从土里，还记得我们一起在

我看着你，任凭云朵和铁路的摇晃

继续飞，继续播种继续在早晨里

二〇一四年五月十一日

小乔的叶子有了早晨

小乔的小叶子有了早晨
早晨的露水有了窗子

窗子有了更近的枝梢摇晃着
有了远远的雨声透过来

有了你在雨声里走动
仿佛夏天是太阳的不是我的

喜鹊停在屋檐上叫个不停
溪水和蒹葭忘了时间

忘了渔业和麦穗上的虫子
天是那么空地是那么小

转了一个比圈子还大的圈子
广玉兰的花瓣掉在水洼上

二〇一四年五月十八日

我要你每天都是新的

我要你每天都是新的
谷雨之前或者白露之后

风吹着天边的云朵
经过无声的蒹葭和四月

我要你听词语裂开的响动
种子在荚果内继续生产

不要停顿因为溪水的水
时刻都换了从早到晚

明月高悬河山也一样
高悬在明月高悬的关隘

我要你紧紧跟在后面
去只有鸟儿才知道的地方

二〇一四年五月十九日

这初夏的黑夜

这初夏的黑夜如此恍惚，如此寂静
小女儿的睡眠，从此横穿灵魂的栅栏

那里明月指点明月，河山鼓动河山
石榴的火焰刚刚燃起，无法无天

我的小女儿来了举着萝藦的花枝
种子的羽毛在荒野找到开裂的石头

水在溪流里，树叶插进翅膀
羊群漫过青草，立夏连着小满

走散的事物又汇聚起来，开着花
灌木和乔木雨中酝酿了结果和时间

仿佛梯子的生长让树木也害怕了
我的小女儿来回跑，从明年到去年

二〇一四年五月二十日

蕾丝的云朵

蕾丝的云朵，给夏季编织琼花的花边
海也阔了天也空了。没有任何人

和你一样，在任何地方听着雨声
听着入梦的雨声，仿佛世界一片安宁

没有任何人看玉兰的叶子挂满雨水
青草坐卧不宁，它们行将枯萎的样子

让身心不一的长跑者赢得时间和教训
而你在高处不动。在不动的树下

松香弥漫开来。松针插入紧闭的门户
落寞和萝藦，仿佛彼此押韵的叹息

掩盖我们的欢愉。没有任何人相信
除你外，不早不晚上帝就在街上走着

二〇一四年五月二十二日

序曲

这节日和大海的前夕，
给了无边的安宁
安宁也给了你和小乔
一个透亮的世界

我知道，天空的幻影
不是幻影仿佛一个人
在水里梦见了。
石榴开花而石榴梦见了

秋天吐露的果实。
就像你看到云朵滚动
马年的收成，
不比往年更多或者更少

此刻是此刻的过去。
你就睡在大海的两侧
风声穿过门楣上的缝隙，

也不是风声

上帝把不相信的人叫醒了，
只有一片树叶
反过来描画了一棵树的形状。
小乔和你

汇合在河山交界的地方
那里夜色迷离
诉说奇迹的到来毫无征兆
否则便没有奇迹

二〇一四年五月十七日

雨下来的时候

雨下来的时候，凌霄忘了在屋檐上开花
不知道雨什么时候下来，不知道也是好的

如果你是凌霄，就会明白秋天叫人糊涂
秋天的里尔克充满恐惧，嘱咐你不要造房子

好像一切都太晚了。太阳依旧泼洒种子
山谷和玉米彼此照料。好像死者全部在雨中

躲避我们这些躲在大树下的人。靠不住的
香菜和莳萝的距离，并非看上去那么远

凌霄的藤蔓正在一堵墙的两边，观察人类
几乎很少是站住脚的。雨沿着雨下来的时候

树叶突然回到树上，仿佛为了遮挡果实
你甚至看不见凌霄都张着嘴，说不出话来

二〇一六年

我看见你看见

玉兰里瑜伽的枝梢吹动了玉兰
那里的呼吸是黄昏是早晨
我看见你看见，风声没有翅膀

擦洗大地的树叶不动了
太阳在尘埃中继续燃烧太阳
仿佛玉兰打开世界开自己的花

云朵不在窗外你怎么会知道
雨水碾过泥泞的斜坡
青草的道路生长在道路上

苦菜和酝酿的蜜汁是一样的
天空和滑行的雨是一样的
小乔在荒野中不一样

星星那么大，河山那么小
露的滴淌可以万壑轰鸣

水的行走可以唤醒死去的种子

鹌鹑跑了，麦子熟了
艾蒿在不在的门上悬挂着
草木通灵小萝看见小萝

那里的爱与安宁，有了结果
结果有了玉兰抱起的火焰
火焰有了小乔四面摇曳的枝梢

二〇一四年五月二十七日

风景就在人类看不见的地方

你在那里看房间
看大海在沙发上摇晃
仿佛一万只椰子往山下滚动

你看云朵变幻不断
从一棵小树飞过一棵大树
星辰蜜蜂一样嗡嗡响

黑夜不是黑夜了
涛声不是涛声了
只有小萝还是小萝

风景就在人类看不见的地方
开花开一世界的花
不开花仍旧一世界

二〇一四年五月二十八日

海的风吹着海的云朵

海的风吹着海的云朵
比大海辽阔的云朵那么悠闲

世界也弥漫了没有开始也没有结束
只有天在天上游移

水卷起的水泼下
小乔在沙滩上挖着

挖来的沙子那么干净好像不是沙子
而是漏掉的大部分时光

来回奔跑的海浪
突然停住

风和云朵混淆在一起
小乔看低处的海鸟飞到大海的高处

二〇一四年五月二十八日

园子里的小乔

小乔在园子里绕一个大弯子
生在长萝藦的地方等着风来

等来的不是风而是一棵种子
和鸟儿一起飞和鸟儿一起落

小乔在园子里不知道一个人
在园子里也梦想萝藦发芽生根

小乔那么小，我们那么亲
就好像一粒沙子遇到一滴水

我们说话树叶树叶都打开
云朵擦洗过，风接着吹干了

新世界的新同样是新娘的新

大海的小乔越过时间和马鞍

等我来等我们一起来等你

园子里最晚的蔷薇花也开开了

二〇一四年五月三十日

有一条街叫 218 大街

有一条街叫 218 大街
只要小乔穿过了斑马线
满城的狂风就通畅了
木兰和金桂顶着云朵

云朵顶着雪白的天空
我在另一条大街上等你来
街角上的香樟树开着花
不开花的也是香樟树

在街角就当我是最幸福的人
那么有力气那么有耐心
小乔和你还不知道呢
这样的黑夜尽管没有星辰

两排的大树上灯火弥漫

仿佛季节已经转换

春天似乎太心急了

你和小乔总是不早不晚

二〇一四年五月三十一日

你和小乔

你和小乔在世界的欢愉里
忘了窗外远处的大海和卷尺

树叶和树叶在不一样的树上
让落花回到最初的枝梢

仿佛一堆淘洗过的碎石头
阴面和阳面凭空合在了一起

小乔和你在一棵树下
冥冥之中一定有谁在召唤

你喊小乔的时候小乔喊你
全部的回声只有些许的差异

如今一个种葫芦的人过来了
萝藦和青色的藤如此缠绵

二〇一四年五月三十一日

雨水滚动

雨水滚动就像树叶在软枝上摇晃
呼吸好像在身体之外找到一扇窗子

小乔的早晨瑜伽的早晨在一起
什么都忘记了只剩下玉兰和青草

词语也有自己的根茎努力伸展
所有遇见的事物都在气息中运行

我看你在时间里掌握当下的技艺
有时候是小乔，有时候是河山

有时候小乔与河山停在一滴水中
心和万物一一对应仿佛没有万物

唯有清风吹过远方的蒹葭和大海
而风声和紧密的萌芽在灵魂里打开

二〇一四年六月二日

这一天

这痛饮大漠甘泉的一天
这云朵带着云朵走的一天
这小乔只开花不见花的一天

这菠萝蜜斗士也害怕的一天
这番荔枝不懂荔枝在哪里的一天
这马鞍藤和牵牛都不远的一天

这雨水和露台波涛滚滚的一天
这蓝色裙裾吹动大海的一天
这天各一方输给天天各一方的一天

这想起来不敢再想的一天
这一轮明月高悬蜜月的一天
这从早到晚都没有时间的一天

二〇一四年

露台

大海边的露台给了黑夜赤裸裸的时间
让欲望穿过魂灵，让身心找到一把椅子

你我无言，可是明月千里万里也听见
棕榈长出狐狸尾巴，星星说了此地无银

小乔荡漾在血液里，一个没指望的世界
却有满心欢喜好像三角梅开纯白的花

开无意的花，结果都在菠萝蜜的树上
仿佛瑜伽的呼吸，在你的腰腹四处蔓延

生长的叶子和光滑的羽毛，多么响亮
寂静也是周遭的栏杆，遮挡无边的大海

你我在露台上交谈，露台在交谈中褪去
有道是过眼河山皆烟云烟云恐怕不河山

二〇一四年六月十五日

你别不信

小乔和悠悠来了，梅雨也跟着来了
你别不信。水声不断的窗子慢慢打开

一个早晨的瑜伽放宽了美人蕉的叶子
我的人啊在小镇里走着，你别不信

凤凰木的花从早到晚，那么安静
聚集在树上的菠萝蜜斗士，那么威武

你别不信。大海的发条永无间歇
小乔和悠悠的小女儿默诵大地的经文

西番莲和五叶藤缠着说话，你别不信
船的尾巴丢下船，婴儿的嘴浑身用力

你别不信相信的人幸福的人在一起
小乔和悠悠的小女儿，谁也没有看谁

二〇一四年六月十七日

金字塔的沉没

寂静也叫我远看见，无影的金字塔
在沙漠中沉没。步步惊心的堤坝

时光磨碎不断的波涛。泡沫四溅
小乔和悠悠的小女儿也是海的女儿

透明的蓝逻辑的蓝，搅拌着天空
针对夏日汹涌的太阳，稻穗弯着腰

在热风中拾掇坚实的种子和睡莲
埃及法老的呼吸，一刻都没有停顿

小麦的光芒在颤动！数学的尼罗河
找来良田和灌溉。我好像什么都忘了

星辰闪烁的犁尖，黑夜驾驭的粮草
滚滚而来，仿佛世界有了最后的主宰

二〇一四年六月十七日

小水珠

小水珠在莲叶的中央，那么亮
风在莲叶的后面，那么透彻
梅雨积聚起来，白昼也积聚起来

摇晃不止的荷塘，仿佛鱼的队伍
进入黄昏一片安详。小水珠
在莲叶的中央，一动不动

辗转的时间，落入词语的筋脉里
星星星星点点，雨滴星星点点
小水珠穿过水的表面，跌入梦呓

那么久，莲的蕊纷纷躲藏
莲的根喂饱了污泥。小水珠
在一股猛烈的太阳下，缓缓升起

二〇一四年七月六日

这就是我的命

这就是我的命
你看比我更清晰
海棠的叶脉还是亮的

雷声掉进了漆黑的天井
我正想着一个未发生的事
雨水漫过去年的雨水

窗外也是街坊的窗外
一个妄想的人在词语上
敲打不是词语的东西

二〇一四年八月三十一日

幸福这件事

我想告诉你幸福这件事
特别啰嗦。很久之后
木头从木头里暴露出来

一片时间的水洼里
只有你没用过的时间

大地的风声和一串鸟鸣
分别给了我和黑夜
编织的技艺仿佛失传了

架上的葫芦和豆荚
有结果的，有不结果的

星星看上去紧挨着
却漫无边际。你来了
那么远说话我都那么清楚

二〇一四年九月一日

雷雨之夜

我听青衣唱《白蛇传》
多么安静多么冷
荒野里的虫子也有翅膀

一个手持照相机的人
在太阳下四处寻觅
龙葵发黑的果实

窗子突然闪烁
多么冷多么安静
金色的树叶摇晃着

马褂木高过马褂木
在开始的春天里
我想起每个角落的萝藦

飞过来好像风的源头

你在溪水的旁边

蒹葭开花一直到冬天

二〇一四年九月一日

伸向夜空的露台

伸向夜空的露台也同样波涛汹涌
星辰闪动马不停蹄如一场突袭

从秋后金色的山顶上压了过来
欲望的悬崖长满青苔却毫无迹象

而云朵卷着风在天边慢慢打开
看见生者的过往早已是大相径庭

那里的人匆忙走散再没有回头
落叶落到来年的树上都开出花来

仿佛只有大海的声音辽阔无涯
万物自在好像万物悠悠从来如此

一朵打碗花晨曦中盛满了露水

根本不在意乾坤之变和太阳升起

世界在世界上运行谁也拦不住

话语连绵正是你我的工作和时日

二〇一四年九月十一日

只有一片叶子

只有一片叶子漆黑的叶子
笼罩大地开裂的果实
仿佛疼痛就在内部翻滚

太阳照耀着梯子的末端
屋檐拉锯似的发出阵阵声响
暴雨的第二天是泥水

如同青草的第三天是饲料
漫过河床和黄昏的石头
摇晃起来你却不知道

这样的早晨给我惊醒
八匹马在河的中央昂首并进
却听不见一丝丝风声

二〇一四年八月二十二日

风那么一来

风那么一来
树叶在树上不动了

风忘了
南窗开着还是关着

风和你在一起
当然在一起

风用它无边的力气
抽打秋雨的末梢

风在果实的核心
叮当叮当响

风停在半空
在我说没你不成的时候

二〇一四年八月十八日

星空

有星星看见有闪烁看不见
天空还是一片天空
树叶是不是黑的

本来是树叶的样子
在恰好的时间里不够关心
秋日的早晨那么安静

词语的车辆词语的滑脱
在沟壑的两边
山荞麦白花花的

我思想起一个雨水的下午
蚯蚓穿过田埂
无垠的荒野中发出一声尖叫

二〇一四年八月十八日

秋天的第二天

秋天的第二天
那么透彻的水在石头上
几乎停顿

风从灌木里吹过来
气候变了
人也不知不觉

荒野里有一万年前的种子
不发芽仅仅为了叫你看
它们还是一粒粒种子

二〇一四年八月二十日

落花

没有开头的诗，只有落花
好像呼吸也忘了

后半夜齐刷刷的雨声
在梧桐宽大的叶子上隐没

二〇一四年九月三十日

卷九

一个

不是一个爱一个，而是爱碰巧一个

——题记

一个

我们一个

我们最好一个

我们最好的一个

我们的最好

大海一个

咆哮一个

深深的一个

无尽的一个

疼是一个

我一个

你也一个

就不是一个

我的你一个

你的我一个

再没有另外一个

妨碍我们一个

头一个

心一个

灵一个

神一个

萝蘼一个

星星一个

朝一个地方飞

飞到最高处还是一个

树一个

花开一个

风吹来一个

果实翻滚一个

不是一个爱一个

而是爱碰巧一个

黑夜一个

梦醒一个

天空一个

万物一个

二〇一五年十月

图书在版编目（CIP）数据

我想你在：莫非诗选 / 莫非 著. -- 北京 ：作家出版社，2018.2

（中国新诗百年）

ISBN 978-7-5063-9557-1

Ⅰ. ①我… Ⅱ. ①莫… Ⅲ. ①诗集－中国－当代 Ⅳ. ①I227

中国版本图书馆CIP数据核字（2017）第165247号

我想你在——莫非诗选

作　　者：莫　非
责任编辑：懿　翎
装帧设计：孙惟静
出版发行：作家出版社
社　　址：北京农展馆南里10号　　**邮　　编：**100125
电话传真：86-10-65930756（出版发行部）
86-10-65004079（总编室）
86-10-65015116（邮购部）
E-mail:zuojia@zuojia.net.cn
http://www.haozuojia.com（作家在线）
印　　刷：三河市华业印务有限公司
成品尺寸：142 × 210
字　　数：247千
印　　张：12
版　　次：2018年2月第1版
印　　次：2018年2月第1次印刷
ISBN　978-7-5063-9557-1
定　　价：49.00元